LA FANCIULLA DALLA NEBBIA

UN ROMANCE MEDIEVALE

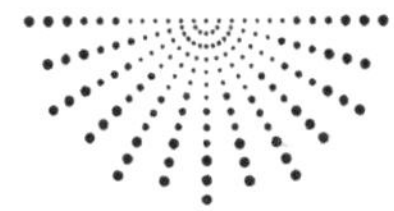

TANYA ANNE CROSBY

Traduzione di
ERNESTO PAVAN

Titolo originale: *Maiden from the Mist*

Copyright © Tanya Anne Crosby

Traduzione di Ernesto Pavan

Copertina © Tanya Anne Crosby

Seconda di copertina: illustrazione di Novel Art Creations; modello: Michael Foster c/o VJ Dunraven Productions

0 9 8 7 6 5 4 3 2 1

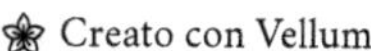 Creato con Vellum

Titolo originale: *Maiden from the Mist*

Copyright © Tanya Anne Crosby

Traduzione di Ernesto Pavan

Copertina © Tanya Anne Crosby

Seconda di copertina: illustrazione di Novel Art Creations; modello: Michael Foster c/o VJ Dunraven Productions

0 9 8 7 6 5 4 3 2 1

 Creato con Vellum

"Tanya Anne Crosby è una maestra nel suo genere ..."

— LAURIN WITTIG, AUTRICE DI
BESTSELLER

"Amore, onore, suspense, passione... quanto di meglio si può avere da un romanzo d'amore sulle Highlands."

— SUZAN TISDALE, AUTRICE DEL
BESTSELLER LA SIGNORA DI ROWAN

"Paesaggi incantevoli, tradimenti scandalosi e una passione che scalda il cuore annunciano il ritorno trionfale di Tanya Anne Crosby nell'antica Scozia."

— GLYNNIS CAMPBELL, AUTRICE DI
BESTSELLER

I GUARDIANI DELLA PIETRA

BIBLIOGRAFIA DELLA SERIE

Leggenda scozzese

Fuoco di Scozia

Acciaio di Scozia

Tempesta di Scozia

La fanciulla dalla nebbia

TITOLI COLLEGATI:

Le Spose delle Highlands

La sposa del MacKinnon

Il dono di Lyon

Promessa d'amore

Cuor di leone

Canzone scozzese

La speranza del MacKinnon

&

Angelo di fuoco

LA SCOZIA NEL MEDIOEVO

"Le cose che un uomo ha udito e visto sono i fili della vita; se egli riesce a districarli con delicatezza dall'aggrovigliata conocchia della memoria, chiunque lo desideri può intesserli nella forma di qualunque credo preferisca."

— W.B. YEATS, IL CREPUSCOLO CELTICO

Brilla sul Minch la stella fortunata
che dalla nebbia conduce la dolce fanciulla.
Lunga la chioma e morbida la pelle,
il leone farà uscire dalla tana.
La Profezia della Fanciulla

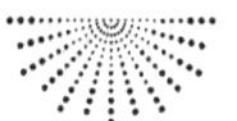

Caden Mac Swein staccò dal muro l'alabarda del suo avo. Fece un passo indietro e la usò per fendere l'aria, valutandone il peso. "Quanti sono?"

"Una cinquantina, a occhio e croce."

Caden sferrò un nuovo fendente a vuoto e imprecò sottovoce. Ricavata da un blocco di robusto legno di frassino, l'asta dell'enorme arma simile a un'ascia superava il metro e venti di lunghezza. La lama era un'ottantina di centimetri di ferro, rinforzata sul filo con dell'ottimo acciaio. In totale, l'arma misurava oltre un metro e ottanta e pesava una dozzina di chili. Soltanto un uomo della stazza e della forza di Caden poteva anche solo sperare di impugnarla, e chiunque si fosse trovato alla sua portata avrebbe potuto attestare la sua capacità nell'usarla.

Sempre che avesse avuto ancora la testa attaccata al collo.

Caden passò le dita callose sulla lama affilata. Preferiva di molto quell'arma vichinga alla spada a due mani. Un tempo, essa era appartenuta al suo bis-bisnonno, Swein del Nord. Si chiamava Bestia e, una volta che si iniziava a maneggiarla, colpiva il bersaglio senza errori.

Vestito per la battaglia, Davino, il 'piccolo Davie',

entrò di corsa nella sala portando con sé la spada di suo padre. A tredici anni, il ragazzo era molto piccolo per la sua età; la claymore lo raggiungeva quasi in altezza. "Si stanno radunando presso la Grotta del Gigante," annunciò. "Andiamo a cacciarli dalla nostra terra!"

Caden aggrottò la fronte. La Grotta del gigante era una grotta marina naturale dalla volta talmente alta da produrre un'eco. Nelle sua profondità potevano trovare posto ben più di cinquanta uomini. Se il nemico si nascondeva al suo interno, sarebbe stato facile sottovalutarne il numero. Era fondamentale sapere esattamente quanti uomini le forze di Caden avrebbero dovuto affrontare quel giorno; non erano abbastanza numerosi da potersi permettere di correre rischi.

"Sono entrati?" chiese a suo fratello, rendendosi conto che Davino doveva aver osservato il nemico dalla torre alta. Costruito dagli antichi, Dunrònaigh Keep era soprannominato 'il *laird* del Mare del Nord'. La sua tenacia era tale da sottrarlo persino all'autorità dei kelpie della tempesta, che governavano sulle acque dello Skotlandsfjörð.

"No," rispose suo fratello.

"Ottimo." Caden annuì. "Ottimo." Per fortuna la grotta vicino alla spiaggia era maledetta e infestata dagli spiriti. La maggior parte delle persone non si sarebbe mai avventurata in quel luogo in cui le ossa di donne e uomini sventurati abbracciavano ancora le stalagmiti vicino alla volta. Intrappolati dall'alta marea, i loro corpi erano finiti troppo in alto per poter essere recuperati. Ora, aggrappati nella morte a quei loro ultimi giacigli, attendevano con ossa tremanti che il mare se li riprendesse. E così sarebbe stato, perché il loro era un mare vendicativo. Nessun uomo che avesse mai solcato lo Skotlandsfjörð avrebbe mai potuto dire che gli Uomini Blu non fossero i più feroci tra i nemici. Tutti gli scozzesi delle Isole Occidentali li temevano, ma a quanto pareva non abbastanza da tenere i loro luridi stivali lontano dalla spiaggia di Caden.

"Andiamo! Sono pronto," annunciò Davie, anche se faticava a sollevare la claymore di suo padre. Lanciando al fratello minore un'occhiata carica di malcontento, Caden disse: "No che non lo sei, Davie."

I grandi occhi azzurri del ragazzo spiccavano da sotto la visiera dell'elmo. "Sì, invece," ribatté. "Non puoi proibirmi di venire, Caden. Sono un uomo adulto." Lanciò un'occhiata ad Alec, nella speranza di suscitare le simpatie del capitano, ben sapendo che era l'unico uomo a cui Caden desse retta; ma Alec ebbe il buon senso di guardare altrove. "Oggi combatterò come un uomo, accanto al sangue del mio sangue," insistette Davie. "Combatterò accanto a te, fratello!"

Caden addolcì il tono della propria voce. "No, giovane Davie. Potrai essermi più utile qui." Dove *qui* stava per 'dentro la fortezza'. Lontano da tutte quelle lame assetate di sangue. Un tempo, in un passato più glorioso, Caden era stato il terzo di cinque figli; ora erano rimasti solo lui e Davino. Il loro avo, Conn Cétchathach delle Cento Guerre, era stato alto re dell'Éire. Davino era solo un ragazzo, ma ciò nonostante aveva visto un quarto delle battaglie che aveva visto Conn. Almeno uno di loro – Caden o Davie – doveva sopravvivere alla giornata sano nel corpo e nella mente. Caden era deciso a far sì che quello fosse Davie.

Il giovane mise il broncio, la mascella serrata sullo sfondo del viso lentigginoso.

"Davie," cercò di ragionare Caden. "Uno di noi *deve* restare a guardia della fortezza. È un compito onorevole, fratello mio. Dunrònaigh Keep è il cuore di Rònaigh e l'orgoglio della nostra gente. Se noialtri dovessimo cadere, chi condurrà il nostro popolo alle navi? Chi li guiderà se io dovessi morire?"

"*Gonadh*! Tu vuoi affibbiarmi un compito da donna, Caden."

Caden appoggiò una mano sulla spalla del fratello. "Proteggere il soglio del capoclan e tutto ciò che abbiamo di caro? No, fratello mio. Questo è un compito da capo."

Poco convinto, Davie fece una smorfia. "Fallo tu, allora!"

Le dita di Caden accentuarono la stretta sulla spalla di suo fratello. Indurì la sua voce e il suo cuore. "Dùin do ghob." *Chiudi quella bocca.* "Uno di noi deve condurre lo scontro e, fino a quando non sarai in grado di impugnare questa alabarda, quel qualcuno non sarai tu. Hai capito?"

Davino sollevò il mento. "Ti supplico, Caden," implorò. "Ti prego. Sono un uomo, ormai. Ti prego!"

"No." Caden si accigliò. "Un uomo non ha bisogno di definirsi tale. Non cambierò idea."

Perdiana, non erano rimaste più nemmeno delle nobildonne tramite le quali stabilire alleanze con potenze lontane. Caden non intendeva mettere in discussione quanto aveva deciso. Suo fratello *non* avrebbe combattuto quel giorno; sarebbe rimasto al sicuro nella fortezza, in modo da poter combattere un altro giorno. Si guardarono negli occhi. Per sottolineare il concetto, Caden porse la Bestia a suo fratello; la pesante arma cadde con un tonfo sul pavimento e i suoi spuntoni di ferro scheggiarono la pietra. Mancò di un soffio il piede di Davie e produsse un frastuono che rivaleggiava con l'eco nella Grotta del Gigante.

Davie fissò l'alabarda vichinga, la fronte aggrottata per la rabbia.

Non c'era bisogno di dire altro. Davie poteva anche essere scontento, ma Caden era riuscito a farsi capire. Il giovane lasciò che recuperasse l'alabarda da terra senza dire una parola. Era ancora cupo in viso quando Caden si avviò verso la porta. Tutti gli uomini in attesa nella sala si incolonnarono dietro di lui. Il suo capitano allungò il passo per rimanere al suo fianco. Solo dopo che furono usciti dalla sala Caden si voltò e disse: "Fa' in modo che mio fratello rimanga qui."

"Tenterò."

"No," disse Caden, la voce che risuonava come un tuono. "Tu *lo farai*, Alec. Se l'ultimo fratello che mi rimane dovesse venire ferito, avrò la tua testa." Nel dirlo, brandì l'alabarda con entrambe le mani.

Era una minaccia a vuoto, che Caden Mac Swein non avrebbe mai messo in atto ai danni del suo più fidato amico e consigliere, ma Alec capiva più di molti altri la risolutezza del suo *laird*. Caden era deciso a proteggere a tutti i costi il più giovane dei Mac Swein dai mali della guerra. Lui stesso portava su di sé una dozzina di cicatrici, dal mento fino ai piedi, ma era meglio che quei segni sfregiassero il suo corpo piuttosto che quello di Davino. Un giorno sarebbe stato Davie Mac Swein a guidare il loro clan, e Caden non sarebbe riuscito a sopportare la perdita di un altro fratello. Ciò nonostante, nemmeno Alec poteva godere del lusso di rimanere nella torre, perché il loro numero si era troppo ridotto a causa delle molte schermaglie coi MacLeod. E tuttavia, se proprio doveva morire, quello era un buon giorno per farlo. Il sole brillava luminoso in un limpido cielo azzurro. Il mare stesso tuonava, facendo della spuma novembrina cristalli di ghiaccio.

In alto sull'antica torre di Dunrònaigh, lo stendardo dei Mac Swein sventolava nella brezza vigorosa: un leone rampante che impugnava un arco. Le possenti mascelle del felino schioccavano e il vento era il ruggito emesso dal suo muso zannuto.

Più in basso, nei pressi della grotta marittima, una torma di usurpatori attendeva di essere cacciata, le armi d'acciaio che scintillavano malignamente sotto il sole spietato.

Tre nuove barche solcarono le onde, andando ad aggiungersi a quelle già presenti. Fortunatamente, vi era un solo punto d'approdo: la piccola, stretta spiaggia sotto le scogliere. L'alternativa sarebbe stata rischiare il naufragio contro gli scogli di Rònaigh.

La forza militare di un'isola tanto piccola era qualcosa di risibile, ma ogni uomo e donna erano in grado di difendersi. Dalla loro avevano il mare e il fatto che, dall'alto della torre, era possibile vedere ogni palmo dell'isola e del mare sottostante. Quel giorno, la cosa migliore da fare era agire in fretta.

"Hai visto uno stendardo?"

"No."

"Razza di briganti," ringhiò Caden. "Scommetto che è di nuovo MacLeod. Brama quest'isola più di un figlio maschio."

"È una questione d'orgoglio," disse Alec. "Vuole dimostrare a tuo padre di essere migliore di lui, anche se egli è già sceso nella tomba."

"Amadain na galla." *Fottuto idiota.*

All'esterno della fortezza attendevano settanta degli uomini di Caden. Lui sollevò l'alabarda di suo nonno verso il cielo azzurro. "Per Dunrònaigh!" gridò.

"Per Dunrònaigh!" risposero gli altri. Poi, insieme, scesero marciando dalla collina di Dunrònaigh, diretti verso la spiaggia dove il mare si agitava con la ferocia infusa in lui dal vento del nord. Era quasi inverno, ma ciò nonostante, ignorando il freddo, Caden si levò il mantello, e assieme a quel mantello appartenuto ai suoi avi si privò delle ultime vestigia di civiltà. Il vento gelido spronò il suo coraggio.

I suoi uomini lo imitarono, non volendo che nulla li intralciasse in battaglia. Come i loro predecessori vichinghi, erano *berserker* nell'anima e non se ne vergognavano. Ciascuno di loro era pronto a difendere la loro terra fino all'ultimo respiro.

Mentre marciavano, lanciarono antiche grida di guerra, agitando le loro armi scintillanti e invocando la furia degli Uomini Blu, quei bizzosi kelpie della tempesta che proteggevano il Minch e, oltre esso, le acque del Nord. Ogni passo era reso più facile dall'inclinazione del terreno, grazie al quale gli uomini si riversavano verso il basso come una mortale colata d'argento. Dal punto più alto dell'isola, in cima a Dunrònaigh Keep, un osservatore avrebbe avuto l'impressione di una marea umana che andava a riversarsi nel mare di un blu profondo.

Per contrasto, gli usurpatori giunsero risalendo la collina, appesantiti nel passo, ma sospinti dall'avidità e dalla sete di sangue.

"Per Dunrònaigh!" gridò un'ultima volta Caden.

"Per Dunrònaigh!" gli fecero eco i suoi uomini.

Il sole splendeva sugli elmi e sulle spade mentre le due forze si scontravano sulla collina di Dunrònaigh.

La battaglia ebbe inizio. Un ruggito assordante, uno spietato clangore metallico. Il sangue imbrattò la terra come una pioggia macabra, tingendo ogni filo d'erba e arrossando il fianco della collina.

Combattendo senza sosta, Caden deviava i colpi del nemico e sventolava l'alabarda come un uomo posseduto dal demonio, abbattendo chiunque arrivasse a portata della Bestia. La battaglia infuriò fino a quando non furono rimasti in piedi che i più feroci.

Caden incalzò il nemico fino a quando le braccia non gli si fecero pesanti. Continuò a combattere anche dopo che il gelido metallo gli lacerò la spalla. Il dolore lo colpì come un fulmine. Una furia nera prese il sopravvento, perché se quel giorno avesse fallito, Davino ne avrebbe pagato il prezzo. No! Non sarebbe venuto meno a suo fratello.

Nell'istante preciso in cui Caden rischiò di essere colpito da un'altra arma, Alec deviò il colpo. La punta della spada di Alec penetrò alla base del cranio del nemico, uscendo dalle narici e inzuppando di sangue il petto di Caden. L'uomo cadde a terra e il suo sangue andò a mescolarsi a quello di coloro che erano caduti prima di lui. Il fianco della collina era un tappeto rosso, lubrificato a tal punto dal sangue che cominciava a diventare difficile rimanere in piedi.

Ruggendo di rabbia, Caden sollevò ancora una volta l'alabarda, trovando la forza nel pensiero di suo fratello. Per Dio, avrebbero dovuto farlo a pezzi per fermarlo. E tuttavia, mentre lui scatenava la sua furia, due nuove barche iniziarono le manovre che le avrebbero portate ad approdare sulla sua spiaggia.

Nuovi guerrieri risalirono la collina per unirsi alla battaglia. Rendendosi conto della rapidità con cui la situazione rischiava di mutare, Caden rinnovò gli sforzi e rafforzò la propria risolutezza. Lanciando un nuovo grido di guerra al cielo, si gettò nella mischia, colpendo ovunque possibile, assistendo ciascuno dei suoi uomini, e ogni vita che prese alimentò la sua follia.

Il sangue gli scorreva a rivoli lungo le braccia, rendendo difficile mantenere la presa, ma Caden manovrava l'ascia come un prolungamento di sé, fendendo con tutta la sua furia e con tutta la sua forza. Lui e la Bestia erano una cosa sola. Ma anche gli eroi potevano cadere in battaglia e la guerra non aveva simpatie per nessuno. Fu trafitto al polpaccio destro e barcollò, urlando di dolore. La Bestia si mosse da sola, come spinta da una furia omicida tutta sua.

Il sole brillò sul metallo argenteo dell'elmo di un uomo, accecando Caden, ma l'alabarda continuò a muoversi, tracciando un semicerchio letale di fronte a sé, tagliando carne e ossa. Caden udì un suono che lo fece esitare, quello della voce di suo fratello, ma non fu abbastanza lesto da capire da dove provenisse.

Gli occhi azzurri di Davie incrociarono lo sguardo dei suoi per un brevissimo istante, colmi di orgoglio. Il giovane aveva abbattuto l'uomo che aveva trafitto Caden alla gamba. Lo aveva trafitto al cuore con la claymore del loro padre e l'uomo aveva mancato il suo vero bersaglio: il cuore di Caden.

Ma l'alabarda non sapeva nulla di tutto ciò. Suo fratello rimase immobile di fronte a lui, sorridendo da un orecchio all'altro, in attesa della sua benedizione… in attesa che ammettesse di aver sbagliato, che lo chiamasse 'uomo'.

In attesa.

Istanti preziosi trascorsero al rallentatore. Un novizio della guerra, Davie non ebbe la prontezza di schivare e Caden non riuscì ad arrestare il fendente fatale della sua lama. Ancora una vola, l'alabarda schiantò carne e ossa, mozzando di netto la testa di Davie. La testa prese il volo, ma Caden non la vide mai atterrare. Un velo nero calò di fronte ai suoi occhi e lui rimase fermo dov'era, prigioniero dell'oscurità, ascoltando le grida degli uomini che gli morivano attorno.

CAPITOLO UNO

DUNRÒNAIGH KEEP, APRILE 1136

Da qualche parte nell'alto della torre, una porta sbatté pesantemente. Qualche istante dopo, i giunchi sul pavimento si mossero agitati dalla corrente d'aria, solleticando le gambe di Alec. Ulteriori porte si aprirono e si chiusero. Si aprirono e si chiusero. *Bam. Bam. Bam. Bam.*

Alec imprecò sottovoce.

Per quanto non avesse buona memoria, non ricordava un altro inverno tanto rigido. Certo, Rònaigh non era che un sassolino in mezzo al Firth, meno di mille acri quando andava bene. Buona parte di quella terra era costa rocciosa, per cui Alec e la sua gente coltivavano quanta più terra possibile e tiravano avanti grazie alla generosità del mare: pesce, uccelli marini e tutto ciò che gli Uomini Blu si degnavano di gettare sulle loro spiagge. Purtroppo, persino negli anni di abbondanza ci voleva gente dura per sopravvivere in quella terra, ed era comunque difficile tirare avanti anche quando tutto erano abili e disposti a lavorare e il *laird* era in grado di guidarli. Ma ora, dopo quella battaglia sulla collina, il loro numero era dimezzato e il benessere di Rònaigh era legato inesorabilmente a quell'insopportabile individuo che se ne stava ai piani superiori. Caden Mac Swein era come un bambino capriccioso e arrabbiato che imprecava contro la sorte. Solo Alec sapeva cosa stava cercando realmente di fare: voleva convincere i membri del suo clan a esautorarlo. Peccato che non sarebbe mai accaduto. Caden Mac Swein era stato il loro campione da che tutti avevano memoria, e as uch Dé, *perdio*, se il destino aveva voluto che solo uno tra Caden o Davie sopravvivesse, Alec era pronto a ringraziare la sua buona stella per il fatto che fosse toccato a Caden.

Davino era stato un ragazzetto fastidioso. Fisicamente piccolo per la sua età, nonché ostinato come i kelpie della tempesta, il ragazzo era nato fragile – il genere di figlio che un nobile vichingo avrebbe probabilmente abbandonato il mezzo alla neve – per non parlare del fatto che la sua legittimità era sempre stata piuttosto dubbia. Il vecchio MacLeod aveva dato inizio alla faida tra i due clan quando, in un momento di rabbia, si era portato via la madre di Caden, e anche se Mary Mac Swein era sfuggita al suo cosiddetto rapitore dopo meno di tre mesi, era tornata a casa con il ventre gonfio come una balena. Se qualcuno avesse chiesto il parere di Alec, lui avrebbe espresso ad alta voce i suoi dubbi riguardo alle dichiarazioni della donna. Aveva il vago sospetto che Mary Mac Swein fosse andata di sua spontanea volontà col vecchio MacLeod, per poi tornarsene a casa dopo essersi stufata di lui. Nessuno era mai riuscito a dirle cosa doveva fare e Alec era abbastanza vecchio da ricordare tutte le volte in cui Mary Mac Swein aveva ballato col vecchio MacLeod. Mary era sempre stata una civetta... proprio come i fratelli di Caden. Soltanto Caden aveva ereditato la bontà d'animo di suo padre. Di conseguenza, nessuno a Rònaigh avrebbe sostenuto che Caden non fosse il migliore e il più promettente di tutti e cinque i giovani Mac Swein, anche se, a giudicare dal suo comportamento attuale, sarebbe stato difficile crederci.

Bam. Bam. Bam. Bam.

Alec strinse i denti e cercò di concentrarsi sui registri.

Uno. Due. Tre. Quattro. Cinque. Sei. Sette.

Far di conto non gli veniva facile come a Caden. A ogni modo, quello era il numero di sacchi d'orzo rimasti. Mancava ancora più di un mese a Calendimaggio, il giorno in cui avveniva la tradizionale benedizione dei campi, e fare alcunché prima di quel giorno avrebbe significato attirare disgrazie sul raccolto futuro. Il problema, ora, era come distribuire quanto rimaneva in modo che nessuno soffrisse la fame... compito in precedenza eseguito dal *laird*. Alec non aveva la più pallida idea di cosa fare, soprattutto perché si trovava in pieno conflitto d'interessi.

Con meno di un mese davanti, avrebbe dovuto probabilmente dare tutto l'orzo, tranne un sacco, al birraio, perché a nessuno piaceva il pane che faceva Bessie. Manco a lui, a dire il vero. Si costringeva a trangugiarlo solo perché provava del tenero per la ragazza che lo preparava. Anche se, naturalmente, Bessie era all'oscuro dei sentimenti di Alec: lui voleva concederle il giusto periodo di lutto, dato che il suo caro marito era stato uno di quei brav'uomini caduti sulla collina. Così come il calzolaio, la cui morte aveva fatto sì che mezzo clan si ritrovasse senza scarpe. Per fortuna aveva iniziato a fare più caldo e i pescatori potevano andare a pesca senza ritrovarsi con le dita dei piedi blu.

Bam. Bam. Bam. Bam.

Al culmine della pazienza, Alec sollevò una mano e fece per chiamare il siniscalco, ma un attimo dopo questi entrò per conto suo. Inchinandosi con deferenza, Afric si avvicinò al tavolo del *laird*... non che Alec ricoprisse quel ruolo. Il siniscalco si era inchinato perché, come tutti i membri del clan ancora in vita, sapeva benissimo che, senza Alec, sarebbe toccato a qualcun altro di loro occuparsi della 'Bestia di Dunrònaigh'. Nonostante la cecità, Caden Mac Swein non aveva perso nulla della sua ferocia.

Bam. Bam. Bam.

"Si può sapere che sta facendo là sopra, sant'Iddio?"

Il siniscalco si strinse nelle spalle. "Perdiana, sembra che più lo ignoriamo e più faccia rumore."

Che il cielo gli cada sulla testa. Era da cinque lunghi mesi che Caden Mac Swein piangeva la morte del fratello. Ma quel che era fatto era fatto. Cosa voleva che facessero, consegnare l'isola nelle mani di MacLeod? Perché, in sostanza, il clan si sarebbe ritrovato a fare proprio quello se non fosse stato Caden, cieco o meno, a sedere sullo scranno del *laird*. Solo Caden aveva il diritto di governare quella terra e nessun altro aveva un lignaggio tanto importante... nemmeno i MacLeod di Skye. Era proprio quello il motivo che Alec credeva fosse alla base della faida. Se il vecchio *laird* non si fosse vantato profusamente col vecchio MacLeod delle proprie nobili origini, forse questi non si sarebbe sentito in obbligo di rapire la madre di Caden. Cristo santissimo, gli spacconi erano la razza peggiore; ma del resto, raramente si rendevano conto di esserlo.

"Si riprenderà," promise Alec; ma diceva la stessa cosa da novembre, quando Caden Mac Swein aveva perso misteriosamente la vista. Lui stesso cominciava ad avere qualche dubbio.

"A Dio piacendo," rispose il siniscalco; poi aggiunse: "Di fuori c'è una donna che dice di dover parlare con voi."

"Con me?"

"Sì, capitano."

"Non con il *laird*?"

Il siniscalco scosse la testa.

"Una donna? Qui? E nessuno ha avvistato una nave?"

"Nossignore."

"E come diavolo ha fatto ad arrivare fin qui?"

Portandosi una mano alla bocca, Afric mormorò: "Non lo so, ma secondo me è arrivata in sella a una scopa, non via mare. Ha una benda su un occhio ed è mezza cieca anche dall'altro."

Alec si grattò la barba e mise giù la penna. Erano trascorsi cinque anni dall'ultima volta in cui il clan aveva avuto l'opportunità di accogliere donne venute da fuori. Un tempo, proprio in quel periodo, il vecchio MacLeod veniva con la sua gente a Rònaigh per celebrare la festa con quello che allora era il suo buon amico, il vecchio Mac Swein. Ma dopo la morte di Mary il vecchio MacLeod aveva dato inizio a una guerra e ora non perdeva occasione per cercare di prendersi ciò che apparteneva a loro. Alec non aveva faticato tanto per tenere nascoste le condizioni del *laird* solo per rivelare il segreto a una vecchia megera vagabonda. Soppesando l'opportunità di apprendere qualcosa di nuovo contro il rischio che la nuova arrivata scoprisse qualcosa, Alec decise: "Mandatela via." Poi avvicinò a sé il registro e tamburellò con un dito su un numero scribacchiato. "Che c'è scritto qui, Alfric? A volte non riesco a leggerli, i tuoi scarabocchi. È un sette questo? E questa piccola riga?"

Il siniscalco parve non udire la domanda di Alec, o quantomeno non se ne curò. C'era uno strano sguardo nei suoi occhi, uno sguardo che Alec sapeva sarebbe stato meglio non ignorare. "Cosa c'è?" chiese.

"Beh, signore... So cosa avete detto a proposito del dare accoglienza agli sconosciuti, ma... quella vecchiaccia sembra dire di avere informazioni utili per il nostro *laird*."

Alec rimase di stucco. "Che stranezza. Una donna cieca che vuole aiutare un uomo cieco?"

Bam. Bam. Bam.

"Molto bene… Immagino sia giusto darle una possibilità." Qualunque cosa pur di risolvere quella situazione. "Falla entrare."

Il siniscalco si allontanò e Alec si alzò dal tavolo per andare a prendere posto sul seggio del *laird* e prepararsi ad accogliere quella bizzarra ospite. Un attimo dopo, una donna piccola e raggrinzita entrò barcollando nella sala, in mano un bastone di legno pallido. Il suo volto era completamente dipinto di blu, con l'occhio buono sporcato di nero per abbinarlo alla benda scura che portava sull'occhio sinistro. Pareva un demonio dai riccioli bianchi e ogni singolo battere del suo bastone sul pavimento di pietra si riverberava come un tuono. Ciò nonostante aveva un'aria fragile, e Alec pensò che una persona tanto debole non avrebbe certo potuto essere d'aiuto al suo *laird*. La sua delusione prese la forma di un sospiro mentre lanciava un'occhiata agli splendidi arazzi che ornavano le pareti. Una volta, tanto tempo prima, erano stati l'invidia di tutta l'Éire. Il Righ Art in persona aveva ceduto la mano della figlia a uno *jarl* vichingo. Pur aspettandosi che l'alleanza sarebbe sfiorita con l'arrivo dei freddi venti del nord, si era ritrovato invece con un alleato a nord: un sovrano vichingo feroce quanto gli Uomini blu e il Minch.

Ahilui, quella donna era una delusione, ma se non altro Alec aveva l'occasione di raccontarle la storia del suo clan. "Benvenuta!" esclamò con un gesto elaborato. "Benvenuta nella sala dei re di Rònaigh."

La donna non parve colpita.

Alec alzò leggermente la voce, certo che dovesse essere sorda oltre che cieca. "Brava donna, voi vi trovate di fronte all'alto soglio da dove un tempo governava Swein del Nord." Alec raddrizzò la schiena, inorgoglito al pensiero di quanto stava per dire. "Sposo della figlia favorita dell'Alto Re dell'Éire, Conn Cétchathach!"

Continuando a sfoggiare un'espressione assai poco convinta, l'anziana disse: "Sì, sì, sì… li conoscevo bene." Poi tirò su col naso a becco e se lo sfiorò con un dito. "Un gran bisbetico, quello Swein."

Alec aggrottò la fronte.

Non era possibile, naturalmente, che quella donna conoscesse quei due personaggi: entrambi erano morti più di mille anni prima. Doveva soffrire di demenza senile. Alec decise comunque di assecondarla. "Già," disse in tono scherzoso. "Dev'essere un tratto di famiglia." Lo stesso Caden era diventato vagamente intrattabile.

"Proprio così," concordò la vecchiaccia, con uno bagliore di allegria nell'occhio buono. "Mi chiamo Biera," annunciò.

Senza che il suo buonumore venisse intaccato, Alec disse: "Benvenuta, Biera, cara amica di Swein. Cosa possiamo fare per voi?"

Senza preavviso, il bastone di Biera si allungò in maniera impossibile attraverso la distanza che li separava e diede un colpetto sulla testa di Alec. "Non ho mica detto che era mio *amico*. Un amico è una persona cara. Io non provavo alcun affetto per quegli uomini. E tu, ragazzo mio, faresti meglio a non abusare di quella parola. Guarda cos'ha combinato l'*amicizia* tra due alleati. Guarda quanto poco contano gli amici nel momento del bisogno!"

Sentendosi rimproverato come un bambino dalla mamma, Alec si portò una mano alla testa e se la massaggiò vigorosamente. Troppo confuso dall'allungamento del bastone di Biera per potersi arrabbiare, lo stupore era comunque evidente sul suo viso. C'era qualcosa, in quella donna, di fin troppo familiare, eppure… non credeva di aver mai visto quel volto arcigno in vita sua.

"Io sono vecchia," proseguì Biera, "e bizzosa quasi quanto il tuo padrone cieco e iracondo. Ma nemmeno Swein avrebbe mai osato prendermi in giro. A ogni modo, non ho bisogno di scope magiche, ma tu potresti essermi utile."

Perplesso, Alec continuò a massaggiarsi la testa. Già sentiva un bernoccolo grande quanto la fibbia di una cintura prendere forma sul suo cranio. Ma come faceva la vecchia a sapere cosa aveva detto di lei Afric? E soprattutto, come poteva una persona tanto fragile fisicamente brandire un bastone in quella maniera? Non avrebbe dovuto poterlo colpire: era troppo lontana. E lui non era nemmeno sicuro di averla vista muoversi. Al contrario, gli pareva che fosse rimasta immobile tutto il tempo a guardarlo storto, attraverso la pittura sul viso, con l'occhio buono.

Che stranezza.

La donna si produsse in un sorriso sottile. "Ora che ho la tua attenzione..." disse, puntando verso di lui l'estremità ingioiellata del suo bastone. Le gemme ammiccarono maliziose, strappandogli un sussulto. Alec affondò nello scranno.

"Tra due notti, dal Minch si leverà una stella fortunata. Dopo di lei verrà una ragazza di nome Sorcha, in cerca di un passaggio per l'Isola di Skye. Voialtri accetterete la sua richiesta, ma invece di portarla a destinazione la condurrete a Rònaigh an Taibh."

Rapire una donna? Alec rizzò le orecchie. "Con la forza?"

"Se necessario."

"Come faremo a riconoscerla?"

La donna sorrise con aria affettuosa. "È impossibile non notarla: ha lunghi capelli soffici e splendidi occhi azzurri. Sarà la più bella giovane che tu abbia mai visto, ma non spetta a te."

Alec fu invaso da un senso di disappunto... fino a

quando la donna non proseguì. "Le sue figlie suggelleranno alleanze secolari e i suoi doni restituiranno al tuo *laird* ciò che ha perso."

Quella donna stava forse dicendo di poter rianimare i morti? A meno che non potesse riportare alla vita Davino, non c'era nulla che potesse fare per Caden. Ma forse, per la sua vista... Alec strinse gli occhi e decide di metterla alla prova. "Dite, mia signora, a cosa vi riferite?"

Di fronte ai suoi occhi, la sagoma della donna parve accrescersi. Raddrizzandosi, raggiunse un'altezza stupefacente, come se nella sua piccola schiena ingobbita avesse celato fino a quel momento la lunghezza della sua spina dorsale.

"Alla sua vista," sibilò la vecchia, le cui parole scivolarono tra i denti come una serpe. "Non devi lasciare che Sorcha lasci Rònaigh, perché se lo farà verrà in cerca di me."

Per un minuscolo istante, Alec ritrovò la combattività. "Perché?" chiese. "Avete forse commesso qualche crimine contro questa povera ragazza?"

L'anziana gli puntò un dito contro. "Amadán!" *Stolto.* "Ciò che lei è per me non è affar tuo. È ciò che sarà per il tuo *laird* a doverti interessare."

Per un singolo istante, l'espressione sul volto di Biera divenne terribile, e brividi percorsero la schiena di Alec. In quel momento intravide l'essenza dell'Universo nelle profondità dell'occhio buono dell'anziana. Costei non era una semplice mortale. Era *altro.*

"Ci siamo capiti?"

Alec annuì. "Sì," disse, per poi raddrizzare subito la schiena. Batté le mani per chiamare il siniscalco. "Portate della birra," ordinò. "Portate dello *uisge!*" Alla sua divina ospite disse: "Abbiamo molto di cui parlare."

"Oh, sì," concordò l'anziana, per poi curvarsi sul suo bastone e dirigersi zoppicando verso il tavolo dove i registri erano rimasti, dimenticati. "Che bravo giovane che sei," gli concesse. "Davvero un bravo giovane. Forza, lascia che ti dica cosa va fatto. L'ultima volta che una stella fortunata si è avvicinata così tanto al mondo, tre sapienti fecero un lungo viaggio per portare in dono a un bambino oro, incenso e mirra."

CAPITOLO DUE

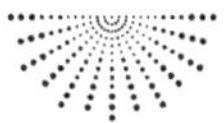

NEL FRATTEMPO, TRA I BOSCHI DELLA CALEDONIA...

Sbirciando verso l'alto, attraverso il fogliame, Sorcha dún Scoti fissò la bizzarra stella che era apparsa, guarda caso, il mattino prima... proprio quando lei aveva preso in considerazione l'idea di tornare a casa. Ora, più cavalcava verso ovest e più essa le pareva vicina. Era come se Una la stesse prendendo in giro dall'alto dei cieli. "Vieni a cercarmi," le pareva che stesse dicendo. "Trovami, se ci riesci."

"Oh, non temere, ti troverò," disse a denti stretti Sorcha, al che le betulle argentate, con le loro pallide foglie neonate, fremettero per la brezza.

Guardò storto la stella, ma poi il suo sguardo si intenerì. Dopotutto, sua madre aveva preso il nome proprio dalle stelle. Forse quel fenomeno non era opera di Una, ma di Riannag dún Scoti, che la guidava verso la sua destinazione. Purtroppo, di chiunque si trattasse e ovunque intendesse guidarla, una cosa era certa: non restava più nulla per lei nella Valle.

In quel momento, l'aria si profumò di salmastro; un odore familiare per Sorcha, che aveva trascorso parecchio tempo nell'Ailginshire. Ormai suo fratello Keane doveva aver avuto notizia della sua partenza. Anche lui si sarebbe messo a cercarla?

Non gliene importava nulla. Non aveva bisogno di persone che non esitavano a mentirle... nemmeno di Una.

Una, che aveva tutte le risposte.

Una, che li aveva cresciuti da quando erano nati.

Una, che era là fuori... da qualche parte.

Sorcha se lo sentiva fin nelle ossa. *Perché? Perché? Perché?* si era chiesta molte lune prima, quando la montagna nella loro Valle era crollata distruggendo la reliquia sacra del loro popolo assieme alla grotta di Una. La Pietra di Scone era stata l'unica ragione dell'esistenza dei Guardiani nella Valle... una prigione naturale, secondo il nuovo punto di vista di Sorcha. Ma ora era perduta, sepolta sotto una montagna di rocce assieme alla Madre del suo popolo. Perché, allora, si erano reclusi per proteggere un'inutile pietra che gli dei avevano deciso di riprendersi? *Quale futuro attende i guardiani, ora?*

Ma a turbare Sorcha più di ogni altra cosa era un dettaglio: perché Una aveva rimosso il proprio grimorio e la propria *keek stane* da quella grotta?

Perché sapeva.

E se sapeva, perché aveva lasciato quegli oggetti preziosi a lei e se n'era tornata alla grotta in attesa della morte?

Perché non era andata così.

Ora Sorcha ne era sicura. Non c'era da stupirsi che non riuscisse a provare dolore. Una era viva; se non fosse stato così, lei lo avrebbe di certo avvertito. Ne era certissima: l'astuta vecchia non era sepolta assieme alla Pietra di Scone. Era là fuori... *da qualche parte.*

"Ti troverò," disse Sorcha, agitando un pugno contro la stella.

Ma *loro* non avrebbero trovato lei, giurò. Viaggiando da sola, sapeva bene di dover evitare le strade del Re. C'era il rischio che fossero pattugliate dagli uomini di David, per non parlare del fatto che, se ci fossero stati dei briganti, era proprio lì che si sarebbero appostati. E poi, non era stato un problema evitarle: Sorcha conosceva i boschi meglio di molti altri. Era una figlia del vento, dopotutto. Una figlia della foresta. Lei e i suoi consanguinei erano gli ultimi dei Pitti, *bla bla bla...* tranne per il fatto che Sorcha non udiva più il battito dei cuori dei suoi avi nelle vene. Non era più una dún Scoti, ma una Caimbeul, figlia illegittima di un uomo che era cresciuta odiando. E tutto il suo clan – persone che aveva sempre amato e di cui si era sempre fidata – lo aveva sempre saputo. Sorcha non voleva avere più nulla a che fare con loro.

Sputò per terra, rinnegando i *Guardiani* e le loro favolette. Avrebbe dato inizio a una storia nuova, tutta da sola...

Ormai suo fratello, il *laird*, doveva aver mandato degli uomini a cavallo a Keppenach e a Dunràth.

Non importava: sarebbero tornati a mani vuote e senza saperne più di prima. Sorcha aveva imparato molte cose dai suoi fratelli. Da Keane aveva appreso a cacciare e a seguire una pista. Da Lael a maneggiare una lama. Da Cailin a tirare con l'arco. Da Catrìona a sfruttare il proprio fascino. E grazie a Lìli – sì, Lìli era sua sorella – aveva perfezionato la sua conoscenza delle erbe. Ultimo, ma non meno importante, da suo fratello il *laird* aveva imparato a mentire. Una rabbia nera come i capelli sulla testa di suo nipote sbatté le ali nella sua cassa toracica. La verità era che le avevano mentito *tutti*.

Tutti.

Tu non sei la figlia di un Guardiano, la sfotté una vocina nella sua testa; parole che le fecero venire la nausea. Scacciando calde lacrime, osservò la stella dalla lunga coda che attraversava come un serpente il cielo ventoso. Aveva la strana sensazione che, se avesse raggiunto il luogo in cui lo strascico scintillante dell'astro toccava la terra, lì avrebbe trovato tutte le risposte che cercava.

A ogni modo, se Una ancora viveva, Sorcha credeva di sapere dove avrebbe potuto trovarla. Ogni primavera, in quell'esatto periodo, l'astuta vecchia lasciava la Valle, diceva, per esercitare la sua professione presso i clan vicini. Ma Sorcha cominciava a sospettare che li avesse abbandonati per ben altra ragione...

Secondo una delle storie scritte nel grimorio che Sorcha portava in saccoccia – il libro che Una le aveva dato il giorno prima di 'morire' – ogni primavera, a Calendimaggio, la Cailleach in persona tornava a bere dalle polle fatate sull'Isola di Skye, trasformandosi nella propria sorella estiva.

Era proprio lì che Sorcha stava andando: non da Padruig, ma nell'unico luogo in cui nessuno avrebbe mai pensato di cercarla, perché la brava gente timorata di Dio non credeva più nelle vecchie leggende. Erano marionette nelle mani di un sovrano che aveva rinnegato le divinità dei loro avi. Ma lei credeva ancora in esse. E quella stella lassù pareva condurla direttamente da Una. *Come un faro.* Brillava giorno e notte – giorno e notte – e Sorcha era convinta che brillasse solo per lei... per condurla alla Cailleach.

Cavallo e cavallerizza continuarono al trotto e le anemoni a forma di stella chinarono le loro piccole teste bianche al loro passaggio.

Piegandosi all'indietro, Sorcha lasciò cadere la *keek stane* ormai inutile nella sacca della sella. Fino a quel momento l'aveva tenuta in mano, nella vaga speranza che il cristallo si degnasse di parlarle nuovamente. Ma più luminosa si faceva la stella, più la *keek stane* esauriva la sua luminosità, fino a quando non era divenuta che un cristallo lucido.

I suoni della notte erano come musica nell'aria. Un

lupo ululò in lontananza. Le fronde verdi lasciarono presto il posto all'immenso cielo aperto e Sorcha tirò le redini del cavallo in cima a una collinetta che sovrastava il villaggio di Lochinver. Nel corso degli ultimi giorni aveva viaggiato per valli e colline, dal Mounth fino al mare... e ora era arrivata fino a dov'era possibile senza avere accesso a una barca. L'indomani avrebbe dovuto trovare un modo per attraversare il mare; ma, ahilei, con cosa avrebbe potuto pagarsi il viaggio?

Certamente non con la *keek stane*. Né con il libro che teneva in borsa. Non possedeva altro di valore, se non la sua dolce e fedele Liusaidh.

Smontò e osservò il paesaggio. Dal suo punto di vista sopraelevato riusciva a vedere miglia e miglia di mare verde e crudele, con onde spumose che parevano minacciarla. "Vattene," sembrava dicessero. "Non osare venire da questa parte." Ma Sorcha avrebbe osato eccome. E chiunque la conosceva avrebbe potuto testimoniare che non era così facile dissuaderla. Se Una era là fuori, lei l'avrebbe trovata.

Come per rassicurarla, Liusaidh le sfregò il muso sulla spalla, avvicinandosi un poco come per abbracciarla. Sorcha accarezzò con rimpianto il suo caro cavallo, rendendosi conto che presto avrebbe dovuto dirle addio.

"Io. Ti. Troverò," mormorò ancora una volta; poi rabbrividì, ma non perché avesse paura. Non ne aveva. Né aveva freddo. Un invisibile mantello di furia ardente la scaldava fin nel profondo.

Un silenzio eterno e senza età fu la risposta che ottenne. Si appoggiò alla sua giumenta e ne accarezzò il folto pelo bianco. L'indomani mattina, presto, si sarebbe separata da Liusaidh per ottenere un passaggio su una nave. Quando qualcuno avrebbe scoperto la sua vera destinazione – ammesso che succedesse – lei sarebbe già stata lontana. Oltre il Minch, sull'Isola di Skye.

Al diavolo suo padre. Al diavolo la gente. La verità era l'unica cosa di cui le importava, ora.

૪

DUBHTOLARGG

Non per la prima volta e con sommo rammarico Aidan dún Scoti si preparò alla guerra.

Aveva commesso l'errore di credere che sua sorella sarebbe tornata a casa di sua spontanea volontà. Col senno di poi, era stato un errore non inseguirla non appena aveva intravisto la luce ribelle nei suoi occhi. Solo una volta, in passato, aveva visto un'espressione del genere sul volto di un consanguineo, ma aveva erroneamente creduto che la sua mite sorella minore non avrebbe mai fatto ciò che aveva fatto Lael: andarsene dalla Valle senza guardarsi alle spalle.

Ora Sorcha se n'era andata e Aidan non poteva biasimare altri che se stesso.

Avrebbe dovuto dar retta a sua moglie. Avrebbe dovuto raccontare a sua sorella la verità: che suo padre era l'uomo che aveva ucciso il padre di Aidan e violato la loro nobile madre. Ma poiché non lo aveva fatto, la domanda che lo spaventava di più era quella che detestava porsi: Sorcha avrebbe ucciso quel bastardo del proprio padre?

Padruig Caimbeul era un farabutto. Aidan detestava l'idea che sua sorella lo affrontasse da solo. Avrebbe voluto che Una fosse ancora viva, perché la scaltra vecchia sapeva sempre cosa fare.

Una volta, non molto tempo prima, Una aveva formulato una profezia terribile... che Aidan aveva ovviamente ignorato. Aveva detto che i lupi di Pechtland si sarebbero sparsi ai quattro venti. In quel momento, Aidan la trovò una previsione decisamente azzeccata, perché erano rimasti solo lui e Cailin, e quest'ultima avrebbe prima o poi sposato Cameron MacKinnon, se quell'imbecille avesse mai trovato il coraggio di chiederglielo.

Undici anni prima, sua sorella Catrìona era stata la prima ad andarsene, rapita dal proprio letto nel cuore della notte da re David. Nonostante le circostanze della sua partenza, Cat non era mai tornata alla Valle. Lael se n'era andata per aiutare Broc Ceannfhionn a ricatturare Keppenach e lì era rimasta, sposata col Macellaio di re David. Ora anche Keane se n'era andato, naturalmente contro il volere di Aidan, e si era venduto l'anima a David mac Mhaoil Chaluim in cambio di una sposa... una principessa di Moray, senza dubbio, ma ormai quel che era fatto era fatto. E ora Sorcha...

Fino a quella mattina, Aidan era stato sicuro che si sarebbe diretta verso nord in cerca di Keane e di sua moglie. Ma non era quello il caso. Lael e Keane vivevano entrambi a pochi giorni da Dubhtolargg e gli uomini da lui inviati erano già tornati da Keppenach e da Dunràth senza aver trovato Sorcha. Aidan era dunque preoccupato. Si allacciò il cinturone della spada e infoderò l'arma. Lìli entrò nella stanza mentre il buon acciaio si infilava nel suo fodero.

"Vengo con te."

"No."

"Aidan, ti prego! Padruig è mio padre. Tu non hai alcun diritto di tenermi qui."

Aidan si voltò verso sua moglie e le rivolse un'occhiata come non le aveva mai rivolto prima. "Ho tutto il diritto: sono tuo marito e il tuo *laird*."

Per nulla scoraggiata, lei lo afferrò per un braccio e strinse dolcemente. "Ti prego, Aidan," implorò. "Non mi fido di lui."

"Una ragione in più per evitare che tu lo incontri," disse Aidan. Si riferiva, naturalmente, al genitore di Lìli, quell'odioso furfante che aveva concepito non una, ma ben due delle donne che lui adorava. Borbottò un'imprecazione, pentendosi profondamente di aver infuso nelle sue donne un coraggio tale da far sì che queste riuscissero a contrastarlo così facilmente, quando uomini forti e robusti non avevano mai osato farlo.

Perché, in nome della Cailleach, aveva tenuto nascosta la verità a Sorcha tanto a lungo?

La futilità di quello sforzo non gli era mai parsa tanto evidente come in quel momento, mentre incrociava lo sguardo amorevole di sua moglie. Sorcha non somigliava per nulla a lui e moltissimo a Lìli. Avevano persino gli stessi capelli di rame e gli stessi inquietanti occhi viola. Quanto tempo era trascorso dall'arrivo di Lìli prima che lui stesso iniziasse a mettere in discussione quanto aveva sempre creduto? Eppure, assolutamente fiduciosa, Sorcha non aveva mai osato mettere in discussione l'identità del proprio padre. Si era affidata completamente a coloro che l'amavano. E ora, Aidan detestava pensare a come doveva sentirsi.

Tradita, quantomeno.

"Aidan," disse Lìli, pronta a una discussione, "non è per me stessa che temo. È per te, amor mio... e per Sorcha. Non lo sapevi?"

"In tal caso, non hai nulla da temere," le assicurò Aidan. "Se qualcuno dovesse morire oggi, non si tratterà di me."

"Le ultime parole famose, marito mio! Tuo padre deve aver detto lo stesso quando ha lasciato che una serpe gli si insinuasse in casa! E ricorda: non puoi sfidare Padruig senza un buon motivo. Egli è protetto da re David. Se dovessi ucciderlo senza ragione o provocazione–"

Aidan la interruppe. "David è ed è sempre stato uno stolto. Non mi importa se è riuscito ad accattivare l'intera Scotia alla sua causa."

Purché ciò non compromettesse la pace tra i clan, Aidan non avrebbe mai seguito un usurpatore inglese. Non amava la politica, ma come si poteva chinare il capo di fronte a un uomo cresciuto da un re inglese, tornato in Scotia per esautorare il legittimo conte di Moray e insidiare al suo posto un burattino degli inglesi, uno scozzese talmente vile da inginocchiarsi di fronte a un uomo il quale, secondo alcuni, aveva ucciso suo nonno?

"Aidan… ti prego. Tu non lo conosci."

Aidan si voltò di scatto, reso furioso dalle parole di Lìli. Si toccò il petto con un dito. "Non lo conosco?" chiese. "*Io* non lo conosco? Per la pietra, Lìli, ha ucciso mio padre di fronte ai miei occhi e ha violato mia madre mentre era ancora sporco del suo sangue. E tu dici che non lo conosco?"

Lìli sbiancò. Aidan non aveva mai parlato in maniera così diretta dei crimini commessi dal padre di lei nei confronti suoi e del suo popolo. Non lo aveva fatto perché la amava, si rese conto Lìli, e perché sapeva che lei era consapevole più di tutti di ciò di cui era capace Padruig Caimbeul. "Non ti lascerà mai entrare nella sua sala," insistette, temendo ciò che sarebbe potuto accadere se non lo avesse seguito. "Non senza privarti di tutto ciò che hai con te. Ti lascerà indifeso e si circonderà di guardie. E se tu dovessi perdere la pazienza–"

"È proprio per questo che non voglio che tu venga, Lìli." Era raro che Aidan discutesse con sua moglie, ma ora vederla lo infastidiva, perché in quel momento la donna gli ricordava tutte le menzogne per cui avrebbe dovuto fare ammenda. Non solo era identica a Sorcha, ma anche a quell'infame del suo babbo. Aidan scosse la testa, in parte per il disgusto provocato dal ruolo che lui stesso aveva giocato nelle disgrazie di sua sorella. *Come ci si sente a sapere di essere figlia di una carogna?* Voltando le spalle a sua moglie, riprese a vestirsi.

Un attimo dopo, Lìli trovò il coraggio di toccargli la parte inferiore della schiena, un gesto timido che gli fece venire le lacrime agli occhi. Incapace di resisterle, si voltò, allargò le braccia e ingoiò le parole dure con cui avrebbe voluto insultare suo padre. Prese sua moglie tra le braccia e le ravviò i capelli dal viso, parlando con un tono di voce più dolce. "Non posso permettermi di lasciarti correre dei rischi, a ghrà mo chroí." *Amore del mio cuore.* "Hai già sofferto abbastanza per mano di tuo padre."

Lìli gli rivolse una nuova occhiata implorante. "Ti prego, Aidan… non è stata colpa tua. Se lui dovesse fare del male a Sorcha, non potrei mai perdonarmelo. Ti prego," implorò. "Lei è anche mia sorella."

Un fatto tanto semplice quanto nauseabondo.

Che razza di tela di menzogne avevano intessuto. Sua sorella minore era anche la sorella di sua moglie, un fatto difficile da accettare. Aidan prese i lunghi capelli scuri di Lìli tra le mani, la attirò a sé e la baciò con dolcezza sul naso, preparandosi a dirle di no. Ma, ahilui, si rese conto che la donna aveva detto il vero: sarebbe riuscita a decifrare meglio di lui l'atteggiamento di Padruig. Rassegnatosi, appoggiò la fronte contro quella di lei. Ogni singola parola che usciva dalla bocca di quell'uomo andava presa con le pinze. E tuttavia, Lìli avrebbe capito d'istinto quando suo padre avrebbe detto la verità. As ucht Dé – *per Dio* – la vita di Sorcha era preziosa e Aidan non poteva ignorare qualunque opportunità di salvarla.

Tornando mentalmente sui propri passi, baciò ancora una volta sua moglie, questa volta sulla fronte, temendo il peggio: che il padre di lei sarebbe in qualche modo riuscito a strappargli la sua amata, senza la quale vivere sarebbe stato insopportabile.

Fortunatamente, o forse no, Lìli conosceva Aidan meglio di chiunque altro e interpretò il suo silenzio per quello che era: un momento di debolezza. "Ti prego… *devi* permettermi di venire con te. Se mio padre tiene prigioniera Sorcha, io lo capirò."

"E se così fosse? Lui non ti darà retta. Non la lascerà andare solo perché glielo chiedi tu."

Lìli lo implorò con gli occhi. "Sì, ma forse mia madre lo farà." Lady Saundra era ancora viva e c'era la possibilità che avrebbe fatto sentire la propria voce a favore della figlia perduta. Ma lo avrebbe fatto per salvare la progenie bastarda di suo marito?

Insieme nella riservatezza della loro stanza, mentre il resto della casa era in preda al caos, Aidan e Lìli tacquero per un istante; poi, poco dopo, Lìli lo abbracciò all'altezza del petto. "Vorrei che potessimo evitare di farlo sapere a lui."

Bontà divina. Padruig non avrebbe avuto bisogno di sentirsi dire alcunché: gli sarebbe bastato posare gli occhi sulla sua prole per rendersi conto di avere due figlie. E dire che non meritava nessuna delle due.

Padruig Caimbeul era un marrano fatto e finito. E Aidan doveva mettere a rischio una sorella per salvare l'altra? Era una posizione insostenibile, ma Lìli aveva detto il vero. Aidan doveva portarla con sé ad affrontare il suo babbo. Deciso, la spinse lontano, ma non in maniera brusca. "Va' a parlare con Cailin," disse. "In nostra assenza, è lei la responsabile della Valle. Di' a Ria di badare a sua zia e preparati a partire."

CAPITOLO TRE

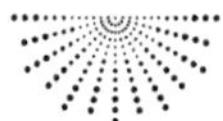

Il mare in tempesta sbatacchiava le navi per tutta la baia. A differenza di certa gente, che si spaventava al primo alito di vento, gli uomini di Rònaigh non avevano paura. Loro preferivano attendere in mare che la tempesta passasse. Ma non potevano ancora andarsene...

Non prima dell'arrivo di Sorcha.

E ora eccola lì... con i lunghi capelli lucidi raccolti in una spessa treccia, che raggiungeva la baia a cavallo di una splendida giumenta bianca diversa da qualunque altro animale Alec avesse mai visto. Cavallo e cavallerizza avevano la testa alta, e il fuoco nell'anima di lei era visibile dal modo in cui agitava la coda... l'animale, naturalmente, non la donna. La vecchia Biera aveva raccontato una storia incredibile, ma ora tutto si stava svolgendo esattamente come lei aveva previsto.

"Che sia lei?"

"Voi che ne pensate?"

I due uomini osservarono la ragazza condurre il bell'animale fino all'estremità del lungo molo e mormorarle qualcosa all'orecchio. Era davvero bella... e Alec non stava pensando solo all'animale, in quel momento. Per un attimo gli dispiacque non poter fare sua quella donna.

Sorcha accarezzò a lungo il collo della giumenta e Alec si chiese cosa avrebbero detto i suoi consanguinei quando avrebbero visto quella bella puledra scendere dalla sua nave. A onor del vero, non sapeva cosa lo entusiasmasse di più: ciò che la vecchia aveva decantato della giovane o la sua cavalcatura. In molti, a Rònaigh, non avevano mai visto un cavallo, men che meno un cavallo del genere. Quegli animali erano di scarsa utilità sulla loro isola, se non per tirare l'aratro. La scuderia di Dunrònaigh aveva qualche maschio e una manciata di femmine, ma l'unico animale di un certo pregio era quello di Caden.

E la ragazza… beh, non era certamente mostruosa. Anzi, aveva il portamento di una regina, e se la vecchia aveva detto il vero, presto nelle sale di Dunrònaigh sarebbero tornare a riecheggiare le risate, i bambini avrebbero ripreso a giocare per i campi e, soprattutto, Caden Mac Swein sarebbe tornato all'antica gloria. Ma prima di tutto bisognava portare la ragazza a Rònaigh e per farlo c'era bisogno di aiuto.

"La rapiamo?"

"No." Alec guardò storto il capitano della nave. "Abbiate pazienza."

Aveva già pagato i pescatori in modo che negassero un passaggio alla giovane, e sarebbe stato meglio se fosse salita a bordo di sua spontanea volontà. Aveva bisogno della sua fiducia per ciò che aveva in mente.

A ogni modo, dubitava che altre navi avrebbero preso il largo quel giorno, col clima in quelle condizioni. L'oceano stesso era come una donna, con il suo carattere bizzoso, e la luna e le stelle esercitavano a loro volta una forte influenza. La nuova stella che aveva iniziato a brillare nel cielo sembrava aver scatenato un bel putiferio. E poi, nessuna delle altre navi era ben equipaggiata come la loro.

Nonostante fossero passati molti secoli, la gente di Alec utilizzava ancora la tecnica dei propri avi vichinghi; non i *drakkar* dalle prue a forma di drago, un tempo molto temuti, ma le mezze navi usate dai mercanti vichinghi per trasportare le loro merci. Con i loro scafi più ampi e profondi delle navi da guerra, tre *knörrs* avrebbero potuto facilmente evacuare tutto il loro villaggio, e loro ne avevano quattro. Per quanto furiosi fossero gli Uomini Blu, la loro nave avrebbe retto alla tempesta senza alcun problema. E nessun inganno dei signori del mare avrebbe potuto impedire loro di trovare la strada di casa, perché le fanciulle che li guidavano attraverso la nebbia erano amiche dei Pinnuti.

"È belloccia… potrebbero essere tentati."

"Non lo saranno."

"Come potete esserne certo?"

"Ho raccontato loro una storiella."

"Cioè?"

"Ho detto che quella donna era figlia della Cailleach e che l'avrebbero riconosciuta dalla sua giumenta. Ho detto a tutti che si tratta di una sposa vergine, promessa al *laird* di Dunrònaigh, e che se qualcuno dovesse impedirle di seguire la stella fortunata che la porterà dal suo amato, la Cailleach in persona aizzerà contro di loro i kelpie della tempesta. E viste le condizioni del mare, dubito che qualcuno vorrà correre il rischio."

"Alla faccia della storiella. Ma, e se non vi credessero?"

"Non dire sciocchezze! Quante ragazze credi arriveranno qui su un destriero bianco come la neve? E quella stella? No, la vecchia Biera aveva previsto il suo arrivo ed eccola lì."

Il capitano della nave sollevò lo sguardo. "È la cosa

più dannatamente assurda che io abbia mai visto," concordò. Tuttavia, chiese preoccupato: "E se parlassero con qualcun altro?"

"Bah! Che facciano quello che vogliono. A noi importa solo di portare la ragazza a Rònaigh. Tutto il resto andrà come andrà."

Più in là, la donna in questione si voltò. Pareva intenta a soppesare le navi nella baia… solo tre delle quali erano in grado di salpare e nessuna migliore della loro.

"Presto," disse Alec al capitano della nave. "Preparate gli uomini. Partiremo entro un'ora." L'atmosfera si stava facendo carica di energia. Rònaigh non era mai stata così vulnerabile. Ma se la vecchia aveva detto il vero, la ragazza avrebbe fatto ben più che restituire la vista a Caden: avrebbe riportato i Mac Swein alla grandezza.

❧

"Non ti dimenticherò mai," disse Sorcha a Liusaidh. "Sei la mia più cara amica."

La sua *unica* amica, a occhio e croce, vista la falsità dimostrata dai consanguinei di Sorcha. Purtroppo il grimorio e la *keek stane* erano troppo preziosi per separarsene e, comunque, nessuno avrebbe riconosciuto il loro vero valore. Anche se, fosse stato per lei, li avrebbe sacrificati entrambi pur di tenersi il cavallo. Purtroppo Liusaidh era l'unica cosa di valore che potesse scambiare.

Sospirando, accarezzò la guancia dell'animale, di cui sentiva già la mancanza. Ma procrastinare non avrebbe reso la separazione meno dolorosa. Più decisa che mai ad arrivare a destinazione, prese la borsa con i preziosi oggetti che portava con sé e se la mise in spalla. Poi legò le redini del cavallo a un paletto e ignorò la domanda espressa da quei grandi occhi marroni. Dopo aver lan-

35

ciato un'occhiata all'onnipresente stella, si avviò lungo il molo fino a raggiungere il primo pescatore la cui barca pareva in grado di navigare. Non un singolo uccello solcava il cielo tempestoso, solo nuvole nere e quella stella dalla lunga coda. Alcuni gabbiani si erano riparati vicino a una struttura per sfuggire al vento. Una nebbiolina salata le accarezzò le guance e Sorcha esitò, ma poi si costrinse a proseguire. "Scusate, signore," disse, interrompendo un uomo che stava abbassando le vele. "Vorrei affittare la vostra barca."

L'uomo la guardò con aria perplessa. "Ma le hai viste quelle onde? Io non vado da nessuna parte oggi. Non è un tempo da cristiani, questo." Lanciò un'occhiata a Liusaidh, poi tornò a occuparsi delle sue vele. "Torna domani," le suggerì, senza tuttavia mostrare particolare interesse.

Sorcha non poteva aspettare fino all'indomani. Avvertiva un forte senso d'urgenza. Doveva partire subito. *Oggi*. Non sapeva quanto a lungo la stella sarebbe rimasta a farle da guida e, se avesse atteso fino all'indomani, essa sarebbe anche potuta svanire. Aggrottò la fronte.

Dopotutto, pensò, quella barca era pure piccola. Passò all'imbarcazione successiva, decisamente più grande. "Scusate, signore, vorrei pagarmi il passaggio sulla vostra barca."

"Ma come! Non conosci la differenza tra una barca e una nave? *Questa* è una nave, non una barca. Nessuna barca potrebbe mai navigare il Minch in una giornata così. Diventeresti cibo per i Pinnuti, magari nella pancia di un grande pesce."

"Scusatemi," si corresse Sorcha. "Vorrei pagarmi il passaggio sulla vostra *nave*."

"No," rispose subito l'uomo, senza nemmeno prendersi la briga di chiederle dove fosse diretta. Ma poi si guardò attorno e posò lo sguardo su un'altra nave all'ancora dall'altra parte della baia e Sorcha avvertì in lui una certa esitazione, per cui disse: "Vi prego, signore. In cambio del passaggio vi darò la mia giumenta. È giovane e sana, con degli ottimi denti."

L'uomo smise di fare quello che stava facendo e lanciò un'occhiata a Liusaidh, forse in preda al dubbio; ma poi disse bruscamente: "Non sfiderei il Minch nemmeno se mi offrissi in cambio un'intera scuderia di cavalli rubati. Non oggi."

Rubati!

"Buon signore," ribatté Sorcha, "Liusaidh non è stata rubata! È nata e cresciuta…" Si interruppe prima di tradire la propria provenienza. "Nel Mounth. È forte e molto obbediente. L'ho allevata io stessa, sapete. Le ho ferrato gli zoccoli e l'ho domata. Non vi venderei mai un cavallo rubato."

"Beh, in ogni caso, forse non hai notato che questo qui è il Minch. A noi non servono cavalli, buoni o cattivi che siano. Sono le navi che servono, e io non metterei a rischio la mia per nulla al mondo. Questo è quanto, ragazza. Preferisco vivere che renderti un servizio. Ora vai, su. Imeacht gan teacht ort!" *Vattene e non tornare mai più!*

Il vento le spinse in faccia i capelli. Era vero: l'oceano aveva un aspetto minaccioso. Ma quegli uomini non le sembravano il genere di persone che temevano un po' d'acqua e di vento. Liusaidh era un cavallo prezioso. Un'opportunità del genere non capitava tutti i giorni; proprio per quella ragione lei si era tenuta il più possibile al riparo dei boschi. Una donna sola in groppa a un cavallo del valore di Liusaidh era un bersaglio allettante.

Frustrata, Sorcha osservò la baia e vide che c'era soltanto un'altra nave all'apparenza in grado di sfidare il mare burrascoso. Ancora una volta, sbirciò la stella, chiedendosi se la sua presenza non avesse in qualche modo provocato l'ira degli dei. Del resto, se era davvero opera della Cailleach, probabilmente l'intento era proprio quello. A ogni modo, per nulla intimidita, Sorcha girò attorno alla baia per raggiungere la nave più grande in essa ancorata: un'imbarcazione splendidamente ornata, a bordo della quale un uomo robusto si stava avvolgendo una corda attorno alla mano. "Scusate, signore, avete intenzione di salpare quest'oggi?"

L'uomo gonfiò il petto. "Ma certo!" disse sorridendo. "La mia gente ha sangue vichingo. Un po' di burrasca non ci fa paura."

Alto, possente e biondissimo, l'uomo era di una bellezza quasi pari a quella della sua nave. Il suo atteggiamento non faceva pensare che fosse un poco di buono, ma c'era comunque qualcosa di bizzarro in lui... qualcosa su cui Sorcha non poteva permettersi di soffermarsi, non avendo grandi alternative. *Doveva* trovare un modo per attraversare il Minch. "Ditemi, signore... quanto dista l'Isola di Skye?"

L'uomo si strinse nelle spalle. "Con questo tempo? Almeno mezza giornata di viaggio."

Sorcha si morse il labbro. "Così tanto?"

"Oggi siamo alla mercé del Minch, ragazza. Se non hai mai avuto la disgrazia di avere a che fare con gli Uomini Blu, non puoi sapere quanto siano intrattabili.

Gli Uomini Blu?

Sorcha non aveva idea di cosa stesse dicendo quell'uomo. Non sapeva chi fossero quegli uomini blu o perché mai bisognasse avere a che fare con loro. *Pinnuti. Uomini Blu.* Era una strana lingua quella che parlavano quei capitani. Ma un'occhiata sul ponte della nave rivelò un equipaggio di uomini dai capelli chiari, tutti al lavoro sulle vele e nessuno con la pelle blu. "Beh," disse Sorcha, tentando un azzardo, "vorrei pagarmi il passaggio a bordo della vostra nave. Ma vi prego, ascoltatemi prima di rifiutare. Posso offrirvi in cambio un cavallo prezioso."

L'uomo smise di fare quello che stava facendo e guardò in direzione di Liusaidh, che era rimasta esattamente dove l'aveva legata Sorcha, la splendida criniera mossa dal vento. "È quello laggiù?"

"Sì, proprio quello."

"E non vorresti altro in cambio?"

Sorcha prese fiato. "No."

"Si innervosisce facilmente?"

"No."

Diversamente dagli altri, costui parve prendere in considerazione la proposta di Sorcha. Lei trattenne il fiato.

"Credi che riuscirà a viaggiare a bordo di una nave?"

Sorcha si voltò per lanciare un'occhiata a Liusaidh mentre rifletteva sulla domanda dell'uomo; quando si voltò, avvertì al tempo stesso entusiasmo e tristezza. "Non vedo perché no."

"Come si chiama?"

"Liusaidh," rispose Sorcha, sorridendo. Era stata lei a darle quel nome. "Significa guerriera." E di sicuro Liusaidh ne aveva l'aspetto mentre se ne stava lì, tutta sola e pronta ad affrontare qualunque cosa il mondo le avrebbe scagliato contro. Sorcha non aveva mai dubitato della devozione di quell'animale... diversamente da certa gente.

L'uomo si asciugò la fronte con l'avambraccio e parve meditare sulla proposta di Sorcha mentre osservava Liusaidh. "Ha tutti i denti?" chiese in un tono di voce che sembrava speranzoso.

"Sì, signore."

"Ed è stata ferrata?"

"Sì. I ferri sono nuovi."

"Che mi dici del suo carattere?"

Nel dirlo, l'uomo la guardò in maniera particolare,

squadrandola, il che la spinse a chiedersi se si stesse riferendo al cavallo o a lei stessa. Fortunatamente, il suo sguardo non mostrava tracce di lussuria; ma se aveva voglia di litigare, lei non si sarebbe certo tirata indietro. Sorcha e le sue sorelle non erano gente che si lasciava calpestare. Tanto per stare sicura, disse: "È buono. A meno che non venga provocata."

Un attimo dopo, l'uomo scosse la testa come per dire di no. "Ahimè, ragazza mia, il mare è di pessimo umore oggi. Non sarebbe un viaggio piacevole."

"Per favore!"

L'uomo inclinò la testa e parve soppesarla nuovamente. "Hai gambe da marinaio?"

Sorcha aggrottò la fronte; non conosceva quel linguaggio. "Non so cosa vogliate dire, ma sì, ho ottime gambe."

L'uomo fece un largo sorriso. "Quello che volevo dire è: soffri il mal di mare? Io ho molto da fare e a bordo non c'è nessuno che voglia far da servo a una signorina di buona famiglia come te."

Di buona famiglia? Costui non aveva davvero idea di chi fosse Sorcha, e se l'avesse avuta, probabilmente le avrebbe sputato addosso. Lei stessa odiava l'uomo che l'aveva concepita al punto che si sarebbe sputata addosso da sola. Ma per un attimo le parole dell'uomo le diedero sollievo, suggerendole che poteva ancora convincerlo. "Non temete: non ho bisogno di essere servita da nessuno. Per quanto riguarda le mie gambe, ho vissuto quasi la mia intera vita in una casa costruita su un lago e non ho mai vomitato, se non quando avevo bevuto troppa birra."

L'uomo ridacchiò e si sfregò la mascella barbuta. "Siamo in due, ragazza, siamo in due. Dicevi di essere diretta all'Isola di Skye?"

Sorcha fu colta da un impeto di ottimismo. "Sì."

L'uomo strinse gli occhi; poi, dopo un lungo istante

carico di tensione, annuì. "Forza, allora: prendi il tuo cavallo e portala qui. La convinceremo a salire in barca e partiremo."

Aveva detto 'barca', non 'nave'. Sorcha non riuscì a celare la propria gioia. Avrebbe potuto baciare quell'uomo, se non altro perché le aveva concesso dell'altro tempo da trascorrere con la sua amata Liusaidh.

Corse a riprendere la giumenta e non vide mai l'occhiata soddisfatta che si scambiarono i marinai. Una volta salita a bordo, l'uomo con cui aveva contrattato venne a offrirle una fiasca. "Il viaggio sarà più gradevole con un po' di *uisge* nello stomaco." Lui stesso bevve e, dopo aver fatto una smorfia, passò la fiasca a Sorcha. "A proposito, il mio nome è Alec. Benvenuta a bordo del Veliero di San Ronan."

"Grazie," disse Sorcha, accettando l'offerta dell'uomo. Aveva effettivamente una gran sete, e anche una gran fame. Da quando aveva lasciato la Valle si era nutrita quasi solo di bacche e funghi. "Il Veliero di San Ronan? È un nome gradevole, ma non capisco il riferimento."

"San Ronan è il patrono della mia terra," rispose l'uomo. "Per coloro che seguono la religione del Re, perlomeno. Per quanto mi riguarda, preferisco la Cailleach. Qualche giorno fa, quando non sapevo che pesci pigliare… ma non importa. Bevi. Abbiamo già alzato le vele."

Sorcha non conosceva bene la religione del Re, né le importava chi pregasse quali divinità. Ma quell'uomo non aveva idea di quanto lei fosse vicina alla Madre del Creato. Decise che li avrebbe presentati. Entusiasta all'idea dell'avventura e di aver fatto un passo verso la riunione con la sua mentore, prese lo *uisge* offertole dall'uomo e ne bevve un lungo sorso, per scoprire che era persino peggiore dello *uisge* della sua dispensa. Ma in modo o nell'altro, voleva dimostrare una volta per tutte di non essere una mollacciona. L'uomo sorrise con aria di approvazione quando lei inghiottì senza esitare; dopodiché Sorcha gli restituì la fiasca.

"Nah, tienila," disse lui. "Ne avrai bisogno. Il viaggio non è lungo, ma un pisolino ti farà bene. E non c'è niente di meglio di un goccetto per dormire come si deve."

Sorcha sapeva che era vero. Anche se, naturalmente, nemmeno lo *uisge* era riuscito a farla addormentare dopo che aveva scoperto le menzogne raccontatele dai membri del suo clan. Temeva che avrebbe potuto trangugiare l'intero contenuto della fiasca e rimanere sveglia e tormentata. Ringraziò Alec e si mise comoda vicino a Liusaidh…

&

NEL SOGNO COME NEL RICORDO, PADRUIG CAIMBEUL incombeva come una figura enorme. All'epoca della gioventù di Aidan, l'uomo era stato un essere temibile, con la lunga barba spruzzata di rosso e la spada assetata di sangue. Ma ora, colui che gli sedeva di fronte somigliava a un rospo rigonfio, con il triplo mento e la pancia che sporgeva oltre i braccioli del trono. Il distante genitore di Lìli era il tiranno di Caisteal Inbhir Nis, che aveva ereditato da suo padre, e il cui possesso gli era stato confermato da David mac Mhaoil Chaluim come pagamento per la sua partecipazione al complotto per uccidere Aidan… complotto del quale la presenza dello stesso Aidan nella casa dell'uomo testimoniava il fallimento. E tuttavia, tutto l'oro che Padruig aveva estorto a David in cambio della propria perfidia non era servito che a comprargli una fine prematura. A giudicare dal pallore untuoso della sua pelle, l'uomo aveva già un piede nella fossa.

Ciò nonostante, la sua corte era splendente, con

arazzi indorati e mobili di legno intagliato sulla piatta-forma. Non c'erano giunchi sui pavimenti e il granito era lucidato a specchio. Colonne che Aidan non aveva mai visto prima marciavano lungo il perimetro della stanza fino al seggio del signore sulla piattaforma rial-zata. Era una scena degna di un piccolo sovrano. Tra di loro erano frapposte guardie in livrea, uomini che, im-mobili, non guardavano che Aidan. Ma nulla di tutto ciò aveva lo scopo di far colpo sugli attuali ospiti di Pa-druig. Al contrario, Aidan aveva la sensazione che Pa-druig li avrebbe sbattuti volentieri in cella e avrebbe buttato via la chiave se ciò non avesse rischiato di atti-rare su di lui le ire di David. Infatti, pur essendo egli stato al suo servizio, sembrava che il sovrano avesse de-ciso di prendere le distanze dagli uomini disonore-voli… un fatto che, sebbene fortunato per la Scozia, non aveva certo spinto Aidan a considerare David il suo unico e vero Re.

Il gruppo di cinque persone, che includeva la figlia dello stesso Padruig, era circondato dalle guardie, che impugnavano lance dalla punta d'argento. Aidan si rese conto nell'istante stesso in cui ammise il motivo della loro visita di aver fatto uno sforzo inutile. Non solo Pa-druig non sapeva dove si trovasse Sorcha, ma palese-mente non aveva idea del fatto di esserne il padre. Era un gran peccato, perché Aidan sarebbe stato ben con-tento di vivere ancora vent'anni e basta se ciò avesse significato non vedere mai più quel brutto muso.

Padruig agitò un dito grassoccio e unto verso di lui. "Vorresti dirmi che *io* ho una figlia?"

Lasciò la domanda in sospeso, perché Aidan gli aveva già dato la risposta e non intendeva ripetersi.

"Ho una figlia e tu non ti sei mai degnato di dirme-lo?" L'uomo fece una smorfia. "Non c'è da stupirsi che vi chiamino selvaggi; non sapete cosa sia la cortesia."

Aidan serrò una mano a pugno di fronte a tanta arroganza. Padruig sedeva sul suo trono dorato in cima alla piattaforma e gli parlava come se Aidan fosse stato poco più che una bestia... dopo aver violentato e percosso sua madre. E osava ancora chiedere *perché* lui non gli avesse rivelato le origini di Sorcha?

Lurido porco.

"Nel caso ve ne foste dimenticato, avevate anche un'altra figlia, che eravate disposto a mettere a morte. Capirete che non c'era molto da fidarsi."

Aidan stava parlando di Lìli, che era stata inviata a Dubhtolargg per assassinarlo nel suo letto... cosa che, senza dubbio, il caro babbo avrebbe negato. Ma Aidan aveva la parola di Lìli al riguardo e, nonostante il sangue che scorreva nelle vene di sua moglie, si fidava di lei senza alcuna esitazione.

"Capisco," disse Padruig, trafiggendolo coi suoi strabilianti occhi viola. "Ora vorresti dirmi che diamine vuoi?" Prese una prugna da un vassoio accanto al trono e la gustò lentamente, guardando al tempo stesso Aidan dall'alto in basso. Fece spettacolo di ogni morso, lasciandosi colare il succo lungo i denti. Aidan tacque, trattenendosi fino a quando non ce la fece più.

"Avete o no fatto prigioniera mia sorella?"

"Sorcha?"

"Sì."

"Che bel nome," disse Padruig, continuando a gustare la sua succosa prugna. "Ella brilla luminosa come suggerisce il suo nome? Nella vostra lurida lingua non significa forse qualcosa come 'luce splendente e radiosa'? Qualcosa del genere. Curioso come se ne sia andata proprio alla luce di quella strana, nuova stella. Non lo trovi affascinante?"

Qualcosa, nell'atteggiamento dell'uomo, suggerì ad Aidan che egli aveva iniziato a tramare nel momento in cui aveva appreso la notizia. Padruig si volse per dire qualcosa alla donna seduta accanto a lui: presumibilmente la madre di Lìli, anche se non pareva aver nulla da dire alla figlia da tempo perduta, la quale era in piedi e in silenzio alle spalle di Aidan. Non aveva chiesto dei nipoti o sorriso, nemmeno di nascosto. Lìli, per fortuna, non aveva ancora detto nulla, e Aidan sperava che avrebbe continuato così: nonostante fosse disarmato, avrebbe strozzato Padruig se questi avesse osato offendere la donna che amava. Era quello il motivo per cui non aveva voluto che Lìli lo seguisse. Ma era evidente che, nonostante tutto, sua moglie aveva preferito rimanere in silenzio di fronte al padre. Aidan si chiese se avesse sperato che la riunione con la madre potesse produrre qualcosa di piacevole: una mesta presa d'atto del loro alienamento, magari un'espressione di rimorso per quanto era accaduto. Ma niente.

Padruig mormorò con veemenza alla donna seduta accanto a lui; poi si voltò nuovamente di fronte al gruppetto scarsamente benvenuto, guardando alle spalle di Aidan e rivolgendosi alla figlia. "Guarda che ti vedo, Lìleas. Vieni a salutare tua madre. Ti abbiamo insegnato le buone maniere." Quando Lìli non obbedì immediatamente, l'uomo aggiunse: "O sei diventata una selvaggia come quello che hai sposato?"

Tremando, Lìli si fece avanti, ponendosi accanto ad Aidan e prendendolo per mano. Lui le diede il sostegno tacitamente richiesto, noncurante di ciò che suo padre avrebbe potuto pensare del gesto. Se dubitava della forza di Aidan, che la mettesse alla prova. Lui non era più il giovane indifeso che, un tempo, non aveva potuto far nulla contro l'uomo che gli aveva ammazzato il babbo. "È vero?" chiese il padre di Lìli. "Sorcha è figlia mia?"

Lìli sollevò il mento. "Sì, signore… è mia sorella."

Padruig scoppiò in una risata sguaiata e continuò a ridere, come se trovasse l'idea molto divertente. Poi si schiarì la voce e disse: "Bene bene… peccato per te, mia cara. Avevo paura a lasciarti alcunché, visto che tu lo avresti dato a quel buzzurro che hai accanto. Ma ora il problema non si pone più." Sorrise in maniera grottesca. "Forse tua sorella si dimostrerà più... malleabile. E se è pepata come la sua nobile madre, forse riuscirò anche a ricavarne un bel gruzzolo."

Aidan avvampò. "Vi assicuro che mia sorella non è per nulla malleabile," disse a denti stretti. "E comunque, se non è con voi, qui abbiamo finito. Arrivederci."

Padruig strinse gli occhi. "Sai una cosa, bamboccio? Rimpiango di non averti ucciso quand'eri ancora un ragazzino."

Aidan strinse la mano di Lìli. "Potete sempre provarci."

Ancora una volta, Padruig rise. "Parole forti per un *ospite* disarmato. Dimmi, o Re delle Colline, cosa mi impedisce di farti uccidere seduta stante? Sarebbe mio diritto." Accennò con la mano alla sua corte e alle sue guardie. "Potrei dire che mi hai minacciato e nessuno dei presenti lo negherebbe."

Aidan strinse i denti. "Dubito che riuscireste a staccarvi da quella sedia in tempo per salvarvi la vita."

"Razza di..." Padruig si alzò dal trono molto più in fretta di quanto Aidan avrebbe immaginato.

Avrebbe fatto meglio a non provocarlo finché Lìli era lì al suo fianco, ma era difficile controllare la rabbia. "Per rispondere alla vostra domanda," lo interruppe, "devo avvertirvi che non sono venuto da solo."

"Ho visto, brutta canaglia. E tuttavia, mentre tu sei accompagnato dagli uomini di David, dimmi, dún Scoti, chi c'è a sorvegliare la *mia* piccola Sorcha?" Agitò una mano per accennare al firmamento. "Lei è la mia stellina. Se dovesse accaderle qualcosa, ti riterrò personalmente responsabile."

Aidan strinse i denti, non volendo rivelare all'uomo quanto quella domanda lo turbasse. Era vero: era venuto seguito da un esercito. Ma Sorcha era ancora là fuori, da qualche parte, sola e indifesa. E ora si era verificato il peggio: quel demonio di suo padre ne era venuto a conoscenza.

"Levati di torno," disse Padruig, tornando a sedersi e congedandolo con un gesto. "Sta' sicuro che non risparmierò gli sforzi per cercare la *mia* bambina. Rivolterò ogni singola pietra..." Assunse un'aria di preoccupazione palesemente fasulla. "Ritroverò e mi riprenderò la mia cara piccina, e poi–"

"Padre," singhiozzò Lìli.

"Zitta, tu, donnaccia!" esplose Padruig, alzandosi nuovamente in piedi. "Hai rinnegato il mio nome – e tutto ciò che possiedo – il giorno in cui sei andata a letto con quel lurido abitante delle colline. Ascoltami bene, figlia mia: non commetterò lo stesso errore con tua sorella. Dio ha voluto concedermi una seconda occasione. Troverò *mia* figlia e farò in modo che mi dia degli eredi, a costo di generarli io stesso!"

Infuriato da quella minaccia, Aidan scattò verso la piattaforma. Subito fu bloccato dalle lance degli uomini di Padruig, che si incrociarono di fronte a lui, bloccandolo. Lìli non volle lasciare la sua mano, il che gli ricordò della sua presenza. Non avrebbe certo fatto un favore né a lei né a Sorcha finendo trafitto dalle preziose lance degli uomini di Padruig.

"Aidan!" gridò Lìli.

Padruig rise in maniera oscena.

"Andiamo," mormorò Lìli. "Ora! Lui vuole solo provocarti." Ma poi, quando Aidan fece per allontanarsi, lei si lanciò una lunga occhiata alle spalle, verso la donna seduta accanto a suo padre; e quando quella donna si voltò, Lìli emise un suono strozzato e terribile. Il cuore di Aidan si spezzò per la sua dolce moglie. Per non dare al padre di lei la soddisfazione di vederla piangere, la condusse fuori dalla porta. Avrebbe voluto potersi prendere il tempo per consolarla, ma un istante dopo essersi abbassata, la saracinesca si rialzò e sei uomini a cavallo uscirono galoppando dalla fortezza.

"Stanno andando a cercare Sorcha," disse Aidan, sapendo d'istinto che era così.

Nonostante le sue conquiste, a Padruig Caimbeul mancava una cosa per salvaguardare il proprio retaggio: un erede. Aidan si rese conto di dover trovare Sorcha prima degli uomini di Padruig. Diede a sua moglie un rapido bacio sulle labbra, le disse che la amava e la rimandò a casa scortata da alcune guardie. Prese poi con sé il resto dei suoi uomini e quelli fornitigli da Jaime Steorling e David mac Mhaoil Chaluim, e rivolse lo sguardo a ovest.

CAPITOLO QUATTRO

Sorcha si svegliò con la bocca asciutta.

Era come se avesse trangugiato degli stracci appallottolati. Le doleva la testa e aveva paura di aprire gli occhi alla luce… se, come credeva, era giorno.

L'ultima cosa che ricordava era di essere salita a bordo di quella nave. Nell'istante in cui erano partiti avevano incontrato una tempesta. La nave rollava e beccheggiava, rollava e beccheggiava…

Ma no… dev'essere lo uisge.

Spalancò all'improvviso gli occhi quando si rese conto che era la sua testa a girare, non la cuccetta su cui giaceva.

Si trovava in una stanza bizzarra, arredata spartanamente come una cella, le pareti ornate solo di ragnatele e ben poco a scaldarla. Il letto era grande a sufficienza per ospitare tre uomini adulti e un'occhiata in giro rivelò la presenza di uno sconosciuto nudo: un uomo robusto come il capitano della nave e con i capelli altrettanto dorati. Somigliava a un orso, seduto su quella sedia dall'altra parte della stanza, le braccia incrociate e gli occhi chiusi, le spalle nude appoggiate alla parete. Nel sonno, il suo volto era comunque atteggiato a un'espressione dura e Sorcha pensò per un istante che doveva essere il suo carceriere; ma poi la sua mente annebbiata dall'alcol fece due più due. Uno sconosciuto nudo, il letto disfatto… Sussultò e si affrettò ad alzarsi. Sollevò immediatamente le coperte e controllò se vi fosse del sangue, ma le lenzuola erano pulite.

Inoltre, non si *sentiva* violata. E se un uomo di quella stazza le avesse usato violenza, lei se ne sarebbe di certo accorta. Confusa, lasciò cadere le coperte e si voltò verso lo sconosciuto nudo tenendo le mani sui fianchi. "E voi chi sareste?" chiese.

Il colosso aprì gli occhi: brillanti occhi azzurri che si volsero nella sua direzione, ma leggermente fuori fuoco. Sorcha fu colta dalla tentazione di sventolargli una mano davanti al naso.

"Chi siete *voi*?" ribatté l'uomo. "Ma soprattutto, cosa ci fate nel *mio* letto?"

Sorcha non era più esattamente *nel* letto dell'uomo, ma non avvertiva la necessità di puntualizzare. Del resto, la cosa era evidente. "Che vuol dire 'chi siete voi'?"

"Non mi sembra di aver parlato per enigmi."

"Dov'è Alec?" chiese Sorcha. Era Alec quello che voleva vedere, ora: l'uomo che l'aveva raggirata.

"Dovevo immaginarlo," esclamò disgustato lo sconosciuto nudo.

"Cos'è che dovevate immaginare?" Sorcha era del tutto confusa. Soprattutto, aveva la sensazione di essere ben lontana dall'Isola di Skye. "Dove mi trovo?" chiese, questa volta in tono decisamente più irritato. Qualcuno avrebbe dovuto rispondere della doppiezza di Alec.

"Nella *mia* stanza," rispose l'uomo, come se lei fosse stata una *eegit*.

Sorcha lo fulminò con lo sguardo. "E dove sarebbe la vostra stanza?"

"A Dunrònaigh Keep."

E come diavolo faceva lei a sapere dov'era?! *Respira*, ordinò a se stessa. *Respira*. Era possibilissimo che ci fosse una spiegazione ragionevole per tutto. Il fatto che i suoi consanguinei l'avessero tradita non significava che tutti gli altri fossero propensi a fare lo stesso. "D'accordo, allora ditemi… per caso Dunrònaigh Keep si trova sull'Isola di Skye?"

"No," rispose l'uomo. Si alzò di scatto, nudo come il giorno in cui era nato, senza vergognarsi di avere il membro al vento. "E ora, se avete finito di occuparmi il letto, vorreste lasciarmi riposare?"

Come se lei avesse potuto andarsene! Se costui non era il suo carceriere, dovevano essere entrambi prigionieri.

L'uomo percorse la stanza con fare deciso, diretto verso il letto che aveva rivendicato come proprio, e Sorcha si levò di scatto dalla sua strada, rimanendo sorpresa quando egli non si voltò a guardarla lascivamente. Nella foga, per poco non inciampò nella manica di… per la Cailleach, cosa aveva addosso?

Un abito nuziale? Lungo e fluente, con lunghe e ampie maniche che toccavano terra, era azzurro ghiaccio e dal ricamo complesso. Chi glielo aveva messo addosso? Ma soprattutto, *perché* qualcuno le aveva fatto indossare un indumento tanto elaborato? E già che c'era, se non era sull'Isola di Skye, dove si trovava? "E voi vorreste dormire?" chiese furiosa una volta che l'uomo si fu messo comodo sotto le coperte.

Lo sconosciuto si voltò su un fianco, rivolto verso il muro. "A meno che voi non abbiate qualcosa di meglio da proporre." Ma non fece nulla che mostrasse l'intento di mettere in atto quella velata minaccia.

"Provateci e vi strappo gli occhi," lo mise in guardia Sorcha.

"Non servirebbe a nulla," ribatté l'uomo.

Perché non la voleva? O perché lei era già sua? A ogni modo, Sorcha si scoprì più furiosa di prima. *Che diamine stava succedendo? Dove l'aveva portata Alec?*

Scambiandosi di posto con lo sconosciuto, Sorcha si sedette sulla *di lui* sedia e cercò di capire cosa stesse accadendo. Dopo un lungo istante, l'uomo nudo si mise a russare, e pure della grossa.

Suo fratello Aidan le aveva detto di non fidarsi mai degli sconosciuti, ma nella sua determinazione di raggiungere Una, Sorcha non aveva nemmeno preso in considerazione l'idea che qualcuno avrebbe potuto giocarle un brutto tiro. Si credeva forse immune ai pericoli a cui era soggetta una donna sola? Era stata così arrogante da credere che non potesse accaderle nulla?

Era una Guardiana – una prescelta – ma ciò non significava che non potesse essere ferita. Ciò nonostante, considerate tutte le sue capacità, Sorcha non era una fanciullina indifesa. Non le avevano insegnato a chinare il capo di fronte alla paura.

Cercò di ricordare quanto possibile, ma non riuscì ad andare oltre lo *uisge*. L'uomo di nome Alec le aveva dato la fiasca e lei, naturalmente, l'aveva accettata, non avendo motivo di credere che il contenuto fosse diverso da ciò che egli aveva dichiarato. *Dopotutto, perché avrebbe dovuto mentire?* Sorcha gli aveva già dato tutto quello che aveva di valore. E non aveva mai avuto intenzione di bere più del dovuto.

Non poteva esserci altra spiegazione: lo *uisge* doveva essere stato *drouged*.

A pensarci bene, l'uomo le aveva concesso quel passaggio un po' troppo facilmente...

Quell'"Alec" l'aveva forse lasciata chissà dove per fuggire col suo cavallo? L'aveva venduta a un viscido *laird* celibe? O peggio ancora... la nave era affondata e Sorcha era stata trascinata a riva dalla corrente, unica sopravvissuta su un'isola dimenticata?

Perdiana. Avvertì un primo sentore di paura al pensiero di Liusaidh. *No!* Doveva pregare che la sua giumenta fosse sana e salva.

Sfortunatamente, lei avrebbe posto volentieri tutte quelle domande e altre ancora, ma il russare del gigante addormentato riempiva la stanza, palese manifestazione della sua volontà di ignorarla.

Più se ne stava seduta ad aspettare che l'uomo si svegliasse, più Sorcha si infuriava. Come avevano osato chiuderla in una torre come se fosse stata una prigioniera! E se era *davvero* una prigioniera, quell'uomo chi era? *Anche lui un prigioniero?* Di certo qualcuno si era involato i suoi abiti, perché non si vedeva traccia di essi nella stanza... né dei suoi, del resto. Né lei riusciva a vedere la sua *keek stane* o il grimorio: le uniche due cose da cui non avrebbe mai dovuto separarsi, se voleva ritrovare Una.

Agli occhi di chiunque altro, la *keek stane* non sarebbe parsa altro che un normalissimo cristallo; ma si trattava in realtà di un antico strumento di divinazione con il potere di rivelare il passato e il presente. L'ultima visione che lei aveva intravisto nei suoi meandri le aveva rivelato il suo rapporto di parentela con Padruig; e proprio ora che l'aveva spinta lungo quella strada tortuosa, la *keek stane* era sparita. E il grimorio, per quanto non le fosse stato di grande utilità, era colmo di formule di pozioni e medicine. Entrambi gli oggetti erano troppo preziosi per poter essere persi. Eppure Sorcha se ne stava lì a girarsi in pollici in attesa che qualcuno la illuminasse!

La rabbia la rese irrequieta. Decisa ad avere le risposte che desiderava una volta per tutte, si alzò dalla sedia e marciò in direzione del letto, scrollando per una spalla quel gran maleducato che vi dormiva sopra.

Senza il minimo pudore, l'uomo si voltò, estrasse una gamba nuda da sotto le coperte e appoggiò il piede sul pavimento. Si schermò gli occhi con un braccio, come per proteggerli dalla luce, ma non si prese la briga di coprirsi il membro... che peraltro era di dimensioni notevoli. "Chi siete voi?" esclamò Sorcha. Quando il gigante non rispose, lei gli diede una nuova scrollata. "Ehi!"

"Miseriaccia, abbiate compassione. Sono rimasto seduto tutta la notte su quella dannata sedia, aspettando il mio turno. Il minimo che potete fare è mostrare gratitudine e lasciarmi riposare."

Gratitudine?

L'unica gratitudine che provava Sorcha era dovuta al fatto che l'uomo avesse avuto quantomeno la decenza di lasciarla in pace, ma ciò non spiegava cosa ci facesse lei nel *suo* letto o chi fosse costui. Né spiegava come mai era rinchiusa in una torre, vestita con un abito nuziale troppo corto per lei. "Non lo sapevo," disse.

"Siamo in due," rispose l'uomo. "Ora, se avete finito, chiudete quella bocca e lasciatemi riposare."

Che maleducazione!

Sorcha indietreggiò; mai, in vita sua, si era sentita rispondere in modo tanto scortese. Tornò a sedersi sull'unica sedia della stanza, accanto all'unica porta.

Forse avrebbe dovuto picchiare sulla porta?

E chi verrebbe mai?

No, prima doveva capire cos'era accaduto, in modo da sapere cosa aspettarsi. A che sarebbe servito svegliare tutti?

Aveva sentito parlare di alcune tribù che rapivano le donne per farne mogli sottomesse. Ma quel buffone non pareva minimamente interessato a lei. Era evidente che non l'aveva toccata, né la trovava per nulla attraente. Per qualche strana ragione, la cosa la rendeva scontrosa... ma perché? Gli avrebbe cavato gli occhi se avesse osato toccarla senza permesso. E tuttavia, gli uomini *adoravano* sua sorella Lìli. La bellezza di

Lìli era d'ispirazione per i trovatori, che avevano composto un'ode in suo nome, ma era anche una maledizione. Perché, allora, Sorcha era così contrariata al pensiero di risultare sgradevole persino a quel brusco barbaro?

Il russare dell'uomo si riverberava come un tuono, riecheggiando tra le pareti – Sorcha si guardò attorno – tra le pareti di pietra piene di crepe e di solchi. Poi osservò l'abito che indossava e scoprì che era tutto liso. *Che diamine.* Quello con cui si era addormentata era stato un buon vestito; poco appariscente, certo, e ricavato dalla morbida lana marrone di Glenna, ma perfettamente utilizzabile.

Incrociando le braccia per allontanare il freddo del mattino, Sorcha si alzò dalla sedia e osservò la sua prigione. A occhio e croce, si trovava in una torre.

Trascinò la sedia fino all'unica finestra della stanza: una feritoia lunga e sottile attraverso la quale passava a malapena un dito, figurarsi una persona. Essa lasciava entrare luce a malapena sufficiente per trafiggere gli occhi dello sconosciuto che dormiva nel letto, ma nonostante l'uomo addormentato avesse appunto un raggio di sole in faccia, la cosa non pareva dargli fastidio.

Badando a non svegliare quella carogna dal pessimo carattere, Sorcha si arrampicò sulla sedia, bloccando il raggio di luce, anche se il gigante non parve accorgersene e continuò a russare.

Doveva essersi svegliato, aver trovato Sorcha nel suo letto ed essersi rifugiato sulla sedia. Aveva sempre il sonno così pesante? O anche lui era stato *drouged*? Dopotutto, lei stessa aveva dormito talmente della grossa da non essersi svegliata quando l'avevano portata lì.

Infastidita al pensiero, prese un pezzetto di tessuto di un rosso sbiadito che era rimasto incastrato in una fessura. Era lungo e frastagliato, incrostato di *qualcosa...*

Sorcha se lo avvicinò al naso e fece una smorfia nel sentire il puzzo del cibo andato a male. Disgustata, gettò il pezzo di stoffa fuori dalla finestra; il vento lo prese e lo portò via.

Dal suo punto di osservazione riusciva a vedere l'intera isola. Era coperta di campi verdi, con l'eccezione della linea costiera, formata da ripide scogliere nere... simili alla pietra che i suoi avi avevano tenuto nascosta per oltre due secoli. La Pietra maledetta di Scone, che ora era scomparsa. La pietra che la sua gente aveva celato e protetto al costo del proprio benessere, solo per vederla ingoiata dalla terra. Che senso aveva? *Nessuno.* Ma al momento era inutile pensarci: palesemente, quella non era l'Isola di Skye. Anche se c'era la possibilità che fosse comunque sulla strada.

Ancora una volta, Sorcha pensò alla possibilità che avessero fatto naufragio.

Per la miseria, dopotutto nessuno degli altri barcaioli era parso incline a correre il rischio, mentre ovviamente lei aveva deciso di ignorare gli avvertimenti della Cailleach. Era stata accecata dalla volontà di seguire Una. E ora... guarda un po' cos'era successo.

In alto nel cielo, a un'angolazione talmente bizzarra che riusciva a malapena a intravederla – dovette inclinare la testa all'indietro e per poco non cadde dalla sedia – quella stella bizzarra che lei aveva seguito pareva sospesa sopra l'isola.

Nel frattempo, tutto attorno alla torre, alcune figurine zampettavano allegramente da una parte all'altra, all'apparenza ignare del fatto che Sorcha languisse nella loro cella.

O forse lo sapevano e, come il loro compare, non se ne facevano il minimo problema. Sconcertata da quanto aveva scoperto, Sorcha si lasciò cadere sulla sedia.

Che senso avrebbe avuto urlare?

Qual era la possibilità che a qualcuno importasse qualcosa di lei?

Era chiaro, ormai, che era diventata proprietà del *laird* di quell'isola, e che lei e quel... quel marrano – quell'uomo a cui il sonno importava più della libertà – erano trattenuti contro la loro volontà. Quale crimine aveva commesso costui? Era un assassino? Un ladro?

Una cosa era certa: non era uno stupratore... grazie agli dei. Ma era comunque scortese e brusco, per la Cailleach, e per la prima volta da quando aveva lasciato la Valle, Sorcha avvertì fortemente la mancanza di suo fratello. Aidan avrebbe preso il testone di quell'uomo e lo avrebbe usato per pulire il pavimento. Si pentì di aver cancellato le proprie tracce con tanta cura, perché ora nessuno l'avrebbe trovata... a meno che non pensassero, come aveva fatto lei, di seguire quella stupida stella.

Furiosa e sprezzante, agitò il pugno contro il brillante puntino luminoso. "So che sei là fuori," mormorò. "Perché mi hai abbandonata, Una?"

Ma poi le tornarono all'improvviso in mente le ultime parole che le aveva detto Una: "Cerca coloro che ami con tutto il tuo cuore," aveva detto la vecchia. "Non con la testa."

CAPITOLO CINQUE

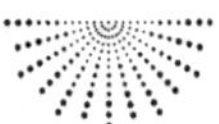

"*P*sst... bell'addormentato..."

Bell'addormentato?

Per poco Caden non si strozzò dal ridere. Non rispose, naturalmente, anche se non stava dormendo. Chi avrebbe potuto dormire con quella donna che lo tormentava?

Per mesi aveva preferito trascorrere il tempo istupidito piuttosto che affrontare la verità: aveva ucciso suo fratello. Aveva spiccato la testa di Davino. E ora non riusciva nemmeno a infilarsi una cucchiaiata di cibo in bocca. Puzzolente e coperto di cibo andato a male, si era strappato la tunica e l'aveva gettata dalla finestra. Era uno spreco di carne viva, un misero sacco d'ossa destinato a trascorrere la vita in un letto per evitare di farsi del male semplicemente uscendo dalla porta. Il giorno prima aveva battuto la fronte una mezza dozzina di volte contro lo stipite della porta e si era sfogato contro di essa. Per due lunghi mesi aveva sofferto la febbre provocata dalle ferite infette, nell'incertezza di rivedere o meno l'indomani. Cinque mesi dopo, era ancora un peso per il suo clan.

Nella speranza di trovare l'oblio grazie all'alcol, la sera prima si era addormentato con una fiasca di *uisge* a portata di mano… un dono inaspettato da parte di Alec. Solo ora capiva la ragione per cui il suo caro amico aveva voluto metterlo al tappeto. *Bastardo.* Non gli aveva offerto la fiasca perché preoccupato per il suo benessere o per risollevargli il morale: aveva voluto drogarlo in modo che lui non si accorgesse della povera ragazza che gli aveva infilato nel letto.

Chi diavolo era costei, poi? Di sicuro non una dell'isola. Caden conosceva ogni singolo uomo, donna e bambino del clan. In una terra così piccola, era impossibile che qualcuno fosse sconosciuto a qualcun altro; eppure costei era una straniera.

Una cosa la sapeva: i capelli della donna era morbidissimi. Quando le si era svegliato accanto, Caden aveva sentito la sua chioma di seta sfiorargli il braccio ed era fuggito all'istante dal letto, temendo di spaventarla con la possanza della sua erezione… inaspettata, peraltro, considerate le sue condizioni. In effetti, Caden non ricordava l'ultima volta che aveva giaciuto con una donna o quando l'idea lo aveva attirato.

La sconosciuta profumava di ginepro e di sole, e i suoi capelli erano morbidi, ma quello era tutto ciò che Caden sapeva di lei. Poteva essere grassa o magra, bionda o bruna; tutti dettagli che lui non poteva distinguere dal semplice suono della sua voce… che era dolce, nonostante il furore che la permeava. Per il quale, peraltro, Caden non poteva certo biasimarla. Se fosse stato lui quello trascinato lì contro la sua volontà, si sarebbe svegliato con un ruggito talmente possente che persino i kelpie della tempesta avrebbero tremato di paura. Di una cosa doveva renderle credito: non aveva paura di lui. Non pareva per nulla spaventata e, sebbene non conoscesse la sua condizione, non era intimidita da lui, il che era qualcosa di eccezionale.

Ciò nonostante, Caden non aveva alcun interesse nell'inzuppare il biscotto solo perché c'era una donna con lui. Lei non era certo un animale in calore pronto a soddisfarlo e Caden non voleva generare figli che avrebbe potuto non essere in grado di crescere.

Che diavolo è saltato in mente ad Alec? Era disperato al punto da rapire una donna solo per risollevargli il morale offrendogliela in sposa? Non aveva dunque imparato nulla dalla storia del padre di Caden e del vecchio MacLeod?

Una notte, stordito dall'alcol, il vecchio MacLeod aveva portato la madre di Caden sull'Isola di Skye. Sul ritorno a casa della donna, Caden aveva udito storie contrastanti. Secondo una, non appena il vecchio MacLeod si era reso conto che Mary Mac Swein era gravida, l'aveva rispedita dal padre di Caden. Ma un'altra versione della storia sosteneva che sua madre fosse fuggita nel cuore della notte e che lui e Davino non fossero necessariamente figli dello stesso padre. Ma Caden non aveva ami avuto alcun dubbio: Davino era sangue del suo sangue e lui avrebbe infilzato con la sua spada qualunque canaglia avesse...

As ucht Dé, che bisogno aveva di un erede quando non era in grado di combattere per tenerlo al sicuro?

No, era meglio che la sua gente trovasse il modo di vivere senza di lui, anche se ciò avesse significato abbandonare Rònaigh e implorare in ginocchio il vecchio MacLeod. Rònaig era un luogo maledetto; se non lo era, perché mai gli dei avevano voluto uccidere quattro eredi abili al governo e lasciar vivo un cieco?

"Psst... ehi... psst..."

Caden ignorò completamente la giovane cocciuta, fingendo ancora una volta di dormire della grossa, il che gli valse un altro breve momento di silenzio. Si chiese come mai non avesse cercato semplicemente di aprire la porta. Sapeva senza ombra di dubbio che Alec non l'avrebbe mai sbarrata: era la sua porta. Non avrebbe osato.

Del resto, perché mai avrebbe dovuto farlo? A meno che la ragazza non fosse pericolosa, nel qual caso, forse, Alec si era finalmente deciso a sbarazzarsi di lui. Non c'era alcun posto dove andare, non senza una barca.

"Psst... voi... psst... psst..."

"Perdiana, che volete? Non vedete che sto dormendo?"

"No che non state dormendo."

"Come fate a saperlo?"

"Perché il vostro soldatino è sull'attenti. Lo vedo muoversi."

Caden rimase di stucco. Per un attimo non credette alle sue orecchie.

Naturalmente, non capì subito il significato delle parole della ragazza; poi, una volta capito, allungò una mano per dare una controllatina. Sì, il suo 'soldatino' stava effettivamente ballando come un *eegit*. Tuttavia, fu la descrizione che ne aveva fatto la donna a farlo scoppiare a ridere.

"Sacramento! Lieto di sapere che trovate la cosa divertente," disse la giovane in tono sarcastico; poi, un attimo dopo, quando Caden ebbe finito di ridere, chiese: "Da quanto siete prigioniero in questo lurido posto dimenticato dagli dei?"

Lurido, eh? A ogni modo, Caden si tenne sul vago. "Non abbastanza," disse, di umore solo momentaneamente migliore. Nascose un sorrisetto.

"Beh, in tal caso dovete aver fatto qualcosa di terribile," tirò a indovinare la ragazza.

"Proprio così," disse lui. In fondo, era vero. Il sacerdote cristiano aveva detto che la sua cecità era una punizione inflittagli da Dio... e, a onor del vero, Caden non aveva subìto alcuna ferita che potesse giustificare altrimenti la sua menomazione. Un attimo prima ci vedeva; quello dopo, sui suoi occhi era calata l'oscurità... proprio come su quelli di Davino.

"Hmm... beh... se dobbiamo essere compagni di cella, tanto vale chiamarci per nome."

Silenzio.

"Io mi chiamo Sorcha. E tu?"

"Caden," rispose un attimo dopo lui, sentendosi vagamente in colpa per averla fuorviata.

"Allora, dimmi... Caden, che hai fatto per meritare una sorte del genere?"

La tenda che si era formata all'altezza dell'inguine di Caden crollò. "Ho ucciso un ragazzo," disse.

"Di proposito?"

"No."

"Vuoi dire che è stato un incidente?"

"Per la miseria! Chi è il *laird* di questa catapecchia di *caisteal*?"

Caden rispose con voce carica d'odio: "Un individuo detestabile, questo è sicuro."

"Ma certo," ribatté lei. "Chi altri potrebbe imprigionare una persona innocente?"

Silenzio.

"Mi riferisco a me stessa, naturalmente. Non so tu, ma io non ho fatto nulla per meritare un trattamento del genere. Ho solo preso una nave per farmi portare all'Isola di Skye; invece mi hanno portata qui e mi hanno rinchiusa contro la mia volontà. Sai, una volta anche mia sorella è stata imprigionata... quasi impiccata, anche. Forse se lo sarebbe meritato, ma sono lieta che sia finito tutto bene. E ora, a vederla non lo diresti mai... coi bambini che corrono dappertutto..."

La giovane tacque per un istante, ma non aveva finito.

"Suppongo che questa gente voglia farmi sposare il suo *laird*, ma non ho idea del perché. Quell'uomo deve avermi confusa con qualcun'altra."

Quell'uomo doveva senza dubbio essere Alec.

"Non possiedo nulla di valore."

Cadde di nuovo il silenzio, perché Caden non voleva spaventarla dicendole che valeva più di quanto immaginasse.

Erano anni che Alec diceva scherzosamente di voler rapire delle donne, e questa, con la sua forza di carattere, sarebbe stata un'ottima moglie... a meno che non fosse brutta come il peccato.

"Mi stai ascoltando?"

"Sì, sì. Stavi dicendo che non volevi vedere tua sorella impiccata."

"Io non sono *nessuno*," insistette lei. "Sono solo Sorcha."

"Sì, beh, devi pur essere qualcuno," obiettò Caden, rincuorato dal fuoco che udiva nella voce della donna. "Tutti sono qualcuno."

"Hmm," disse lei, il tono quello di un prigioniero che aveva trovato nel suo compagno di cella un complice inaspettato. "A ogni modo, non sposerò *mai* quell'odioso *laird*. Sarà probabilmente un rospo deforme con sei dita alle mani e ai piedi e il naso verrucoso. Solo un mostro del genere avrebbe bisogno di rapirsela, una sposa..."

Caden era assolutamente d'accordo. "Nessun uomo degno di tale nome prenderebbe mai una donna contro la sua volontà."

"Questo lo dici tu!" esclamò lei. "Del resto, guardati. Sei un uomo bello e forte; se non fossi rinchiuso in questa torre, potresti avere tutte le donne che vuoi. Guardati... sei pure virile." La giovane rise a bassa voce, un suono musicale. "Nessun uomo ti accuserebbe mai di farti buggerare. O forse preferisci davvero gli uomini, anche se non credo."

Caden *non* preferiva gli uomini. Non aveva mai sentito usare un'espressione del genere, né tantomeno aveva conosciuto chi corrispondesse a quella descrizione; anche se, a pensarci bene, era molto meglio fottere un uomo che una capra. Perdiana, una volta gli era toccato multare un uomo di tutto il suo bestiame e relegarlo in un monastero. Aveva provato un minimo di compassione per lui solo perché sapeva quanto fosse difficile vivere su un'isola tanto remota, dove le donne scarseggiavano… anche se ora non era più così. La sorte aveva voluto che ora ci fossero molte più donne che uomini; erano le donne, ora, a scegliere, anche quando non era Calendimaggio. Una singola battaglia aveva alterato il destino di tutti. E ciò nonostante, fino a quel momento – e diversamente da Alec – Caden aveva avuto troppo da fare difendendo la sua terra per poter perdere tempo correndo dietro alle donne. Ma in quel momento, in modo del tutto inspiegabile, divenne pienamente consapevole del luridume che lo ricopriva. Dopo essersi rovesciato sui vestiti una enorme quantità di cibo, aveva smesso addirittura di vestirsi. Una volta sì e una no, Moira gli lasciava il piatto sulla sedia e usciva di corsa, senza dire una parola, come se avesse paura che lui le facesse del male. Dal suo punto di vista, Caden stava facendo un favore alla sua gente: quale persona sana di mente avrebbe voluto sedere a tavola con un uomo adulto che si sbrodolava come un bambino?

La ragazza rimase in silenzio mentre lui meditava su quella faccenda e Caden si chiese se stesse guardando fuori dalla finestra. Poco prima l'aveva sentita trascinare la sedia sul pavimento di legno e sospettava che l'avesse appunto avvicinata alla finestra. Dunrònaigh Keep era stato costruito a misura di uomini massicci, vichinghi dall'alta statura. Persino lui doveva alzarsi in punta di piedi per guardare fuori… non che ora sarebbe servito a qualcosa.

Alla fine, dopo un lungo periodo di silenzio, la giovane chiese: "Dimmi, questo ragazzo che hai ucciso… era parente del *laird*?"

"Sì." Persino pronunciare quella parola fu doloroso per Caden, che deglutì con una certa difficoltà.

La ragazza cadde di nuovo in silenzio, come se non avesse saputo cosa dire. Nel frattempo, Caden cercò di non vedere con gli occhi della mente il corpo di Davino che vacillava di fronte a lui... senza testa. Incredibile ma vero, il corpo aveva impiegato un istante a rendersi conto della perdita, e per un attimo a Caden era parso di intravedere della sorpresa nella postura di suo fratello...

Poi la Cailleach doveva aver avuto compassione di lui, perché i suoi ricordi si interrompevano lì. La cecità lo aveva colpito all'improvviso; non aveva mai visto il corpo di Davino cadere sull'erba insanguinata.

Per il bene dei suoi consanguinei, Caden aveva indurito il proprio cuore. Aveva combattuto con le lacrime agli occhi e una singola parola sulla lingua. *No, no, no.*

"Quando incontrerò quell'uomo faccia a faccia gli strapperò i capelli," minacciò Sorcha in un tono di voce che era una promessa. "Il *laird*, voglio dire. Come osa chiudermi in questa torre con un ass–"

"Prova ad aprire la porta," le suggerì Caden, per poi sollevare le coperte sopra la testa.

Sorcha fece una smorfia di fronte a quel suggerimento assurdo.

Provare ad aprire la porta?

Le pareva inconcepibile che la porta fosse aperta, ma qualcosa nel modo in cui l'uomo aveva detto quella frase le faceva venire voglia di prendersi a schiaffi da sola.

Aveva dato per scontato che la porta fosse chiusa, naturalmente. Perché non avrebbe dovuto? Era da sola in una stanza con uno sconosciuto che, a occhio e croce, sembrava lì da molto tempo. L'uomo aveva i capelli arruffati e scarmigliati, come se fosse rimasto a letto per un anno o più. Anche se la cosa non aveva intaccato la sua bellezza. Il suo viso pareva quello di un dio vichingo. Era di corporatura molto massiccia persino per un uomo: più alto e più robusto di suo fratello Aidan, con braccia e gambe più simili a tronchi d'albero che a membra umane. Ciò nonostante, per quanto fosse attraente il suo aspetto, versava in condizioni miserabili. E c'era qualcos'altro di bizzarro in lui...

Da quando avevano iniziato a parlare, l'uomo non aveva mai incrociato il suo sguardo; e sì che lei si sarebbe aspettata che lo facesse, se non altro per curiosità.

Senza dire una parola, Sorcha si alzò dalla sedia e fece come le aveva detto Caden. Provò la porta e la trovò... *aperta.*

Ma come può essere?

Col fiato sospeso, Sorcha aprì la pesante porta per guardare fuori e vedere chi c'era dall'altra parte.

Nessuno.

Non c'erano guardie. Non c'era nemmeno l'uomo di nome Alec. L'anticamera era del tutto abbandonata. C'erano un piccolo letto, alcune cassepanche e due bracieri, non uno. Sorcha giunse alla conclusione che uno dei due fosse stato preso dalla stanza in cui era stata ficcata lei, ma perché? Le finestre dell'anticamera erano un po' più accessibili e le diedero una buona visione sul cortile sottostante. Ciò nonostante, non perse tempo. Si affrettò invece a scendere le scale, aspettandosi quasi che Caden si alzasse e desse l'allarme. Ma l'uomo non disse nulla mentre lei usciva dalla stanza e chiudeva la porta, né accennò a volerle impedire di andarsene.

Sorcha scese le scale due gradini alla volta.

Diversamente da ogni altra dimora in cui fosse mai stata, quella era alta e stretta. La tromba delle scale era stretta, i gradini scivolosi e ripidi. Incontrò poche porte lungo la sua discesa; ma poi, arrivata in fondo, si ritrovò in un ambiente circolare su cui si aprivano tre porte.

Quale scegliere, quale scegliere...

Stranamente, per lei, indecisa – e perché non avrebbe dovuto esserlo? Il suo futuro dipendeva dalla mossa successiva – Sorcha toccò ciascuna porta, cercando di indovinare cosa potesse esserci dall'altra parte. I suoi sensi, solitamente acuti, erano stati indeboliti dalla *drogue* che le avevano dato. Peccato che non fosse altrettanto facile controllare le sue visioni... a proposito, dove diavolo era la *keek stane?* Alla fine, rendendosi conto di non avere molto tempo, Sorcha scelse la porta più a sinistra, la aprì con delicatezza e trovò un'altra stanza vuota. Questa sembrava un ripostiglio, ma era quasi vuoto; dalla parte opposta c'era un'altra porta.

Sorcha chiuse quella da cui era entrata e attraversò silenziosamente la stanza, diretta verso l'altra. Anche quella si aprì senza far scattare allarmi. La luce brillante del sole la aggredì, accecandola momentaneamente.

"Madainn mhath!" esclamò una donna in tono amichevole.

Colta alla sprovvista, Sorcha lanciò uno strillo. "Salve! Buongiorno," rispose, non avendo idea di che ore fossero.

"Avete dormito bene, mia signora?"

Bene per quanto ci si potesse aspettare da una donna che era stata drogata e portata in una torre, dove l'avevano infilata nel letto di uno sconosciuto. Ma Sorcha disse: "Sì."

In risposta, la donna le rivolse un sorriso genuino. "A bheil an t-acras ort?" *Avete fame,* chiese nella lingua antica.

Sorcha rimase di sasso. Quella gente non si stava

comportando come dei carcerieri. Forse lei non era davvero prigioniera?

Era comunque preoccupata. Forse la nave era *davvero* affondata per una tempesta che lei non ricordava. Forse Sorcha aveva battuto la testa sull'albero maestro o da qualche altra parte e tutti, tranne lei, erano annegati. Anche se era strano come solo lei fosse finita su quell'isola… ma no, quella storia non le piaceva. Credervi avrebbe significato ammettere che *tutto* era perduto, compresa la sua dolce Liusaidh. "Sì," disse, anche se non ricordava più cosa le era stato chiesto.

La donna dal viso dolce parve comprendere la sua confusione e la prese per mano, conducendola via. "Andiamo a mangiare qualcosa," disse. "Poi andremo a trovare la tua bella giumenta."

"Liusaidh?"

La donna sorrise. "Tu ti chiami Sorcha, vero?"

"Certo," rispose lei; ma scosse la testa, del tutto sconcertata. Ciò nonostante, lasciò che la donna la conducesse via.

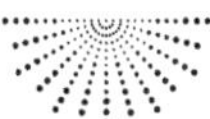

on si vedeva una frenesia del genere dalla caccia a Óengus e ai suoi figli.

Non appena Keane ricevette la notizia della scomparsa di sua sorella, raccolse un gruppo di uomini e sellò il suo cavallo. Ciascuno al suo passo, tutti insieme setacciarono le foreste, le colline e le valli in cerca della minima traccia di Sorcha dún Scoti. Al quarto giorno dalla scomparsa di Sorcha ancora non avevano trovato nulla e Aidan cominciò a preoccuparsi. Sorcha era fin troppo preziosa per Padruig: questi non aveva eredi, solo una figlia che aveva rinnegato e un nipote che si rifiutava di riconoscere. Se aveva intenzione di preservare la sua dinastia, avrebbe dovuto ingoiare l'orgoglio o generare un figlio… oppure trovarsi un'*altra* figlia da dare in sposa a qualcuno. La sua buona sorte aveva voluto che il fato gli desse la seconda opzione.

A ventiquattro anni, Sorcha era bella come sua sorella Lìli, pur essendo giovane e ingenua quanto era splendida. Non possedeva la furia di Lael o l'astuzia di Cailin; eppure, proprio come Catrìona – che re David aveva sottratto alla Valle –sua sorella minore era molto più capace di quanto gli altri, Keane compreso, si fossero mai resi conto. *Proprio come sua moglie Lianae.*

Le due donne erano di animo naturalmente gentile, anche se Keane non avrebbe mai voluto trovarsi dalla parte sbagliata della barricata nei rari momenti in cui si infuriavano.

Pensò con un sorriso a sua moglie, rivivendo il giorno in cui l'aveva conosciuta a Lilidbrugh, coi piedi nudi e le piante insanguinate; e tuttavia, anche lei si era rivelata fin da subito irriducibile. Sorcha possedeva la stessa bontà d'animo, ma anche una certa dose di spietatezza che le sarebbe stata di aiuto ora che era da sola... a meno che, naturalmente, qualcuno non facesse appello alla sua compassione, al che chissà cosa avrebbe combinato.

Per quanto riguardava Padruig... Keane era certo che quel vecchio idiota non l'avesse con sé.

Se così fosse stato, Padruig non avrebbe mai mandato i suoi uomini a setacciare i quattro angoli della terra. Ciò nonostante, tanto per stare sicuri, Aidan stava pattugliando le terre vicino a Inbhir Nis, mentre Cameron McKinnon si era diretto in direzione di Perth e Argyll. Keane cavalcava verso nordovest, per una qualche ragione che lui stesso non riusciva a spiegare.

Era colpa di quella stella.

Gli faceva tornare in mente Una.

E aveva la sensazione che, se lui aveva Una in mente, lo stesso valeva per Sorcha.

Le due erano sempre state molto vicine e Sorcha non era più stata la stessa dalla morte di Una. Non c'era da stupirsi che avesse dato di matto. La poverina aveva subito un duro colpo quando, d'un tratto, si era ritrovata con una sorella di cui aveva fino a quel momento ignorato l'esistenza e un genitore odiato da tutti.

Keane aveva il sospetto che Sorcha si sentisse tradita dai suoi consanguinei... lui stesso compreso, dato che non aveva mai messo in discussione il divieto di Aidan di dirle alcunché. Gli era parso un segreto innocuo; dopotutto, quale bene avrebbe mai potuto scaturire dalla consapevolezza da parte di Sorcha che il suo babbo era il farabutto che aveva ucciso il loro padre e violato la loro madre?

Circondato da tutte le direzioni da antiche pinete, Keane cercò di pensare come sua sorella. Dalla sua aveva un vantaggio che suo fratello non possedeva: aveva trascorso dieci anni nella guardia di re David a seguire le tracce delle forze ribelli. Ma soprattutto, sapeva benissimo cosa avrebbe fatto sua sorella per nascondere le proprie tracce, dato che era stato proprio lui a insegnarle quell'arte. Ella si era recata spesso a Dunràth e lui aveva fatto in modo di assicurarsi che fosse in grado di cavarsela da sola. Le aveva insegnato tutto ciò che sapeva e Sorcha era stata una buona allieva… talmente buona che era difficile rintracciarla.

Il quinto giorno, dopo l'ora nona, scoprì finalmente tracce del suo passaggio nei pressi di un piccolo villaggio: fuochi da campo coperti di terriccio, quasi impossibili da individuare grazie al fatto che Sorcha aveva tagliato il legno molto sottile, consentendogli di bruciare in maniera uniforme. Costretta ad alimentarsi con quello che offriva il territorio, si era nutrita di funghi selvatici, porri e frutti di bosco, che quella primavera erano abbondanti. Dal cuore tenero e amante degli animali, aveva preferito i frutti della natura alla carne, e ne aveva consumati in abbondanza. Keane trovò segni di raperonzoli sradicati di fresco e piante di fragola selvatica depredate dei loro frutti. Sua sorella, più di chiunque altro, sapeva riconoscere i vegetali commestibili, essendo un'apotecaria e una guaritrice molto capace. A suo credito bisognava dire che aveva studiato sotto la tutela di Lìli e di Una, e anche se probabilmente si considerava loro allieva, era una vera e propria maestra.

Sicuro che le tracce da lui trovate dovessero essere

quelle di Sorcha, Keane seguì la pista fino alla strada del Re, ma lì la perse di nuovo; ciò nonostante, una volta raggiunta la strada, rimase sconcertato nello scoprirla molto trafficata, con una quantità di variegati pellegrini che viaggiavano in gruppo. Ai suoi tempi non aveva mai visto nulla del genere, nemmeno durante i viaggi compiuti per conto di David. Era come se tutta quella gente – uomini, donne, bambini – si fosse imbarcata in un pellegrinaggio diretto verso il mare. Aveva sentito parlare delle crociate, di marce verso Gerusalemme, e quella visione gliele fece tornare in mente. Si grattò la testa e guardò i suoi uomini. Dopo un po', incontrarono un monaco che viaggiava diretto nella stessa direzione; spronato il cavallo, Keane andò a chiedergli dove fosse diretto.

"A Rònaigh!" rispose l'uomo. "A portare i miei auguri alla principessa sposa."

Keane aggrottò le sopracciglia mentre cavalcava in silenzio accanto all'uomo, cercando di capire a chi questi potesse riferirsi. Per quanto ne sapesse lui, re David non aveva figlie legittime e solo un figlio maschio, piuttosto giovane. Alla fine chiese: "Quale principessa?"

"Una figlia dei figli di Cruithne."

Keane rivolse al sacerdote un'occhiata di sbieco; era possibilissimo che fosse un po' tocco. Cruithne, re dei Pitti, era morto da tempo. In vita era stato un suo parente, sebbene molto alla lontana: Ma Kenneth MacAilpín, ai suoi tempi, aveva ucciso tutti e sette i signori dei Pitti. Il capo dei dún Scoti era sfuggito al massacro solo perché la gente di Keane era fuggita nella Valle, dove era stata inviata per proteggere la vera pietra del destino. Era l'esempio di MacAilpín che Padruig aveva inteso seguire quel giorno in cui era entrato nella Valle, ventitré anni prima, e aveva ucciso il loro padre. Ma tuttavia, a differenza di quanto era accaduto alle famiglie degli altri signori dei Pitti, Padruig aveva lasciato in vita i figli e le figlie dei Guardiani. Di conseguenza, le figlie di Cruithne ancora nubili e in vita potevano essere solo due: sua sorella Cailin e Sorcha. Ma *nessuno* ne era a conoscenza… e poi, sposare un *laird* sconosciuto era probabilmente l'ultima cosa che Sorcha avrebbe voluto fare. "Buon uomo," disse Keane, "Cruithne è morto da più di tre secoli. La sua linea di sangue si è estinta."

"A me risulta diversamente," ribatté il sacerdote, che pareva entusiasta all'idea di incontrare la figlia data per persa del defunto sovrano dei Pitti. "È proprio come diceva la profezia!"

Keane fece una smorfia. "Quale profezia?"

"Mio signore," disse il monaco, un modo di parlare più da normanno che da scozzese… il che rendeva ancora meno credibile la sua storia. "Tempo fa fu profetizzato che, al ritorno della stella fortunata, un uomo della casa di Conn sposerà una figlia di Cruithne e da quell'unione nascerà un nuovo clan: i Chattan, i cui discendenti porteranno alfine la pace alla nostra terra."

La pace? In queste Highlands? Dove un *laird* aveva ben poche ragioni per fidarsi dell'altro: che diamine, tutti quanti si contendevano il favore di re David e coloro che non lo facevano speravano in segreto nell'arrivo di un salvatore. *Sorella contro fratello, fratello contro padre, padre contro madre.* La pace era un lusso irraggiungibile.

Ma la speranza rimaneva viva.

Keane continuò a trottare accanto all'uomo, notando il suo modo di vestire. "Voi indossate l'abito dei sacerdoti del Cristo. Come potete voler benedire una sposa pagana contro il volere del vostro Re?" Era ben noto che re David si era allineato ai dettami della Chiesa d'Inghilterra. Il culto degli antichi dei non era più visto di buon occhio; eppure…

Il sacerdote rise. "Figliolo, la Cailleach è venuta

molto prima del Cristo. Saggio è colui che ama entrambi."

"Capisco," disse Keane, che invece non capiva un accidente. Ciò nonostante, fu colto da una sensazione estremamente bizzarra. Lanciò un'occhiata a quella stella tanto stravagante, ringraziò il monaco e proseguì lungo la strada fino a incontrare un altro viaggiatore, che portava con sé un sacco. "Scusate, potreste dirmi dove siete diretto?"

Gli occhi dell'uomo brillavano. "A Rònaigh, nobile signore!"

"A portare i vostri auguri alla principessa sposa?"

Il viaggiatore, la lunga barba bianca legata sotto il mento annuì. "Con me porto buone nuove e doni per onorare la Fanciulla da Inbhir Nis."

Keane aggrottò la fronte; Sorcha non era cresciuta a Inbhir Nis. Era cresciuta nel Mounth; e tuttavia, nel suo viaggiare era certamente passata anche da Inbhir Nis...

"A Rònaigh?"

"Sì, nobile signore!" esclamò l'uomo.

"E voi viaggiate per vederla di persona?"

"Seguo la stella, nobile signore!" esclamò entusiasta il viaggiatore, indicando la massa di nuvole sopra la loro testa. Nonostante il cielo promettesse maltempo, la stella era perfettamente visibile.

Keane ringraziò l'uomo e proseguì. Si diceva che, nella maggior parte dei casi, apparizioni del genere fossero cattivi presagi. Anche se aveva sentito dire di un'altra stella che, in un'occasione, aveva occupato oltre un terzo del cielo notturno, guidando il Conquistatore attraverso il mare stretto fino alla sua leggendaria vittoria contro l'Inghilterra. Quella stella era altrettanto magnifica e così brillante da essere visibile anche di giorno.

Era impossibile che Sorcha non l'avesse notata. Si

era forse unita a quella gente in viaggio? Forse, anche se non era certo stata quella la ragione per cui aveva lasciato la Valle. Erano state le loro menzogne ad allontanarla.

Più in là lungo la strada, Keane si affiancò a una giovane donna che viaggiava in compagnia di due ragazzini. Tenendone uno per mano, costei osservò Keane con aria vagamente sospettosa.

"Rònaigh?" chiese lui.

La donna annuì. "Sì."

"Per vedere la principessa sposa?"

"Sì, signore. Alcuni dicono che la Cailleach l'abbia mandata perché guarisca il *laird* di Dunrònaigh."

"Da quale male, di grazia?"

"Dalla cecità, signore." La donna sollevò la mano del bambino per mostrarla a Keane. "Il mio figliolo ha bisogno di essere benedetto, per cui dobbiamo sbrigarci prima che la stella svanisca."

"Capisco," disse Keane, osservando l'astro dalla lunga coda.

Nessuna di quelle storie era anche solo lontanamente credibile; eppure... "Per caso sapete che aspetto abbia questa principessa?"

La donna sorrise benevolmente. "È la più bella fanciulla che si sia mai vista. Si dice che abbia incantato col suo fascino gli Uomini Blu mentre attraversava il Minch in groppa al suo candido unicorno, e che essi l'abbiano portata a riva su un'onda fatta di nebbia."

Effettivamente, Sorcha era a cavallo di una giumenta bianca: nella Valle avevano solo animali di quel colore. O meglio, solo una giumenta bianca sarebbe stata assegnata a una Guardiana. E a dire il vero Sorcha cavalcava una consanguinea di Beithir, l'amato destriero di Keane. Si chiese se la famosa principessa poteva essere davvero sua sorella. La descrizione, sebbene arricchita da dettagli fantastici, corrispondeva. Keane ringraziò la donna e decise che sarebbe stato meglio trovare Aidan e riferirgli quanto aveva scoperto. Se c'era un fondo di verità nelle storie che aveva udito, allora sua sorella stava per sposare un cieco che viveva a Rònaigh.

"Da Aidan!" ordinò ai suoi uomini. Come un sol essere, tutti si voltarono e si diressero verso sud.

"Dunque io non sono vostra prigioniera."

"No."

"Ma non posso andarmene."

"No."

Sorcha guardò l'uomo che conosceva solo col nome di 'Alec', infuriata per ciò che si era appena sentita dire. Oltre che per il fatto che costui l'aveva raggirata e drogata per i propri fini. La cecità era un male che colpiva un sacco di gente in quell'epoca; non era una ragione valida per rapire una sconosciuta. Anche la moglie del fratello di Sorcha aveva perso la vista e nessuno a Dubhtolargg aveva pensato di rapire un guaritore.

Certo, loro avevano Lìli, Sorcha e Una. E anche dopo la scomparsa di Una erano rimaste lei e Lìli, entrambe molto capaci.

Sorcha cercò di trovare un senso nella storia dell'uomo. Stando a quanto egli le aveva detto, una donna di nome Biera era venuta sull'isola un mese prima e aveva raccontato loro una storia che li aveva spinti a cercare Sorcha.

Possibile che quella vecchia fosse Una?

Parte di lei voleva disperatamente credere che così fosse, anche se un'altra parte aveva già iniziato a sospettare che il suo viaggio non fosse che un'impresa impossibile, un disperato tentativo di tornare indietro nel tempo.

Che diamine, Sorcha non sapeva cosa fare senza Una. Non aveva mai conosciuto altra madre. Ma se l'avesse trovata, che avrebbe fatto? *Avrebbe gridato? Le avrebbe urlato contro per le sue menzogne e i suoi inganni?* No, l'avrebbe abbracciata con tutta se stessa e l'avrebbe implorata di non andarsene mai più. La terribile verità era che Sorcha si sentiva sola. Si sentiva così da parecchio tempo e l'unica cosa che la mandava avanti era la speranza che Una fosse ancora viva... *là fuori... da qualche parte...*

A bere l'acqua fatata dell'Isola di Skye?

Ora che ci pensava, l'idea pareva assurda, eppure...

Giocherellò con la spessa fetta di pane d'orzo che aveva nel piatto. La donna di nome Bess sedeva a osservarla mentre mangiava. Un attimo dopo, la donna la raggiunse e toccò il piatto. "Non hai fame?" chiese. "Avevi detto di essere affamata."

Beh... sì, Sorcha lo aveva detto. Ma ora aveva perso l'appetito. Il pane d'orzo era tremendo; la notizia che aveva appena ricevuto, peggio ancora. Per fortuna le avevano dato una tazza di brodo, che lei aveva finito prima che Alec entrasse in cucina. Se fosse stata costretta a mangiare quel pane ogni giorno, avrebbe pianto un oceano di lacrime. Aveva il sospetto che avessero usato dell'orzo avariato per ricavarne la farina, e non era quello l'unico problema di quel macigno. Che diamine, avrebbe potuto ricavarne una lapide: *Qui giace Sorcha dún Scoti. Un pezzo di orrido pane fu la sua rovina.* Era persino peggio dello *uisge* che avevano portato da Chreagach Morn e molto, molto peggio dell'haggis di sua sorella Cailin.

Perlomeno non avevano intenzione di tenerla lì a lungo...

E poi, si poteva dire che quella fosse una nobile causa. "Mi dispiace," disse. "Ma sembra che abbia perso l'appetito." Guardò nuovamente Alec. "Dunque quello che mi state dicendo è: non posso andare da *nessuna* parte fino a *dopo* Calendimaggio, e per giunta mi toccherà prendermi cura del vostro signore?"

"Esatto."

"Hmmm..."

Acutamente consapevole del fatto che Bess la stava osservando, Sorcha prese il terribile pezzo di pane e se lo mise in bocca, masticando con una certa difficoltà. Il pane era duro e amaro e lei dovette lavorare di canini per riuscire anche solo a intaccarlo. Nel mentre, Bess la osservò con aria carica di aspettativa. Sorcha non voleva ferire i suoi sentimenti: sembrava così dolce. Dopotutto, non era colpa della donna se Alec l'aveva drogata e costretta a deviare dal percorso del suo viaggio. Alla fine Sorcha riuscì a staccare un pezzo di pane; rimise giù il resto, sorridendo a Bess.

Era suo pieno diritto rifiutare di aiutare quella gente, naturalmente. Ma proprio come non aveva avuto il cuore di rifiutare il pane offertole dalla donna, non era in grado di voltare le spalle a della gente bisognosa. Non sarebbe servito a nulla, men che meno a lei. "Non c'era bisogno di drogarmi," si lamentò.

"Mi dispiace, ragazza. Non sapevamo come fare. Biera aveva detto che non saremmo riusciti a convincerti."

Sorcha inarcò un sopracciglio. "In verità, signore, avreste potuto limitarvi a *chiedere*. A ogni modo, io non conosco questa donna di nome Biera e di certo lei non può conoscere me. Di conseguenza, continuo a pensare che ci sia stato un equivoco."

Alec e Bess parevano poco inclini a crederle e si scambiarono una curiosa occhiata di sottecchi, come se sapessero qualcosa che non avevano intenzione di rivelare.

Alec inarcò un sopracciglio. "E dimmi, se io te l'avessi chiesto tu avresti accettato di aiutarci?"

Se avesse avuto la possibilità di scegliere, forse Sorcha lo avrebbe fatto davvero anche se non prima di Calendimaggio. E tuttavia, non era quello il punto. Cercò di spiegarsi. "Signore, io *devo* raggiungere l'Isola di Skye prima di Beltane." *Altrimenti non avrebbe trovato Una.* Il grimorio era chiaro su quel punto: la Cailleach *doveva* bere *prima* di Beltane, per cui non poteva certamente soffermarsi più a lungo sull'isola, dato che sua 'sorella' Brigit era patrona degli animali e dei raccolti e avrebbe avuto molto da fare dopo la trasformazione. "Voi non capite: è fondamentale per me partire *subito*."

Alec le rivolse un'occhiata carica di empatia. "Tha mi duilich, ragazza." *Mi dispiace.* "Nessuno su quest'isola accetterà di darti un passaggio e, a meno che tu non ti faccia crescere le ali o le pinne, non andrai da nessuna parte."

Da parte sua, Bess pareva piuttosto contrita, anche se la sua attenzione era concentrata sul piatto di Sorcha, la quale avvertiva un principio di mal di stomaco. E Alec si diceva dispiaciuto. *Bah!* A che le serviva il suo dispiacere? Sorcha sapeva nuotare – viveva nei pressi di un lago, dopotutto – ma non aveva idea di quanto distasse l'Isola di Skye e il mare non era mite come il lago. Dall'alto della torre, non aveva visto che oceano spumeggiante, senza masse di terra visibili.

"Ciò nonostante," disse l'uomo, come se avesse ancora intenzione di contrattare. "*Se* vorrai andartene dopo la celebrazione di Calendimaggio, io ti porterò ovunque tu vorrai andare."

"Ovunque?"

"Sì."

Sorcha aggrottò la fronte. "Ma avete detto *se*."

"Se," confermò lui, annuendo… benché, ancora una volta, le parve che lui e Bess si scambiassero un'occhiata, come se sapessero qualcosa che lei ignorava.

"Beh, signore, vi assicuro che io *vorrò* andarmene,

willye nillye!" Poi, dato che pareva aver ben poca scelta in materia, Sorcha capitolò. "Allora, questo vostro *laird...* è l'uomo che ho conosciuto di sopra?"

"Sì."

"Che individuo tristo," disse stizzita Sorcha. In vita sua non aveva mai conosciuto un uomo più bello che avesse perso la voglia di vivere in maniera tanto palese.

"È proprio per questo che abbiamo bisogno di te."

Sorcha sospirò. Il suo buon cuore rischiava davvero di causare la sua fine, un giorno o l'altro, ma il pensiero di quel pover'uomo che se ne stava di sopra col viso rivolto verso il muro, la schiena alla porta e le spalle che tremavano, anche se solo leggermente, la angosciava. Certo, la sua era una tragedia; lei stessa, per quanto furiosa fosse con i suoi fratelli e le sue sorelle, sarebbe morta mille volte se avesse mai fatto del male a uno solo di loro, figurarsi se gli avesse tagliato la testa.

La stranezza stava nel fatto che quella gente non poteva sapere che Sorcha aveva esperienza con quel genere di male... *o sì?* Anche la moglie di suo fratello era cieca. Constance era rimasta traumatizzata dal crollo della montagna, quello stesso incidente in cui si presumeva Una avesse perso la vita. Il problema era che Constance era *ancora* cieca e né Sorcha né Lìli erano riuscite a curarla. Avevano provato tutte le preparazioni a loro note: tinture, elisir, sali e altro ancora. Alla fine, si erano arrese e avevano cominciato a insegnarle che la cecità non era la fine di tutto, che Constance possedeva cose più preziose della vista.

"Dolce fanciulla, te ne preghiamo... *per favore.* Se fossi così gentile da aiutare il nostro *laird*, ti ricompenseremo generosamente."

"Ma tutto ciò che voglio è una barca che mi porti all'Isola di Skye. *E* il mio cavallo, già che ci siamo," aggiunse lanciando un'occhiataccia ad Alec, "considerato che voi non avete mantenuto la promessa. Ma, e se dovessi accettare l'offerta e il vostro *laird* dovesse recuperare la vista *prima* di Calendimaggio? Sarei comunque libera di andare?"

Alec guardò Bess e Bess guardò Alec; per un lungo istante, nessuno dei due ebbe il coraggio di guardare Sorcha. Ma alla fine Alec cedette. "D'accordo. Va bene. Guarisci il nostro *laird* e potrai andartene."

CAPITOLO SETTE

In una modesta locanda lungo la strada del Re sedeva una donnina con un occhio coperto da una benda sporca e i capelli bianchi e ispidi come il nido di un uccello. Se ne stava tranquilla a far passare il tempo bevendo lentamente da un boccale di birra. Una ventata d'aria fredda entrò all'aprirsi della porta e la donna raddrizzò la schiena all'ingresso di sei uomini in livrea che portavano il simbolo della loro casata: due corvi gemelli che battevano le ali contro una spada al centro dell'emblema. Erano gli sgherri di Padruig Caimbeul e, più spesso che no, quando cercavano qualcuno si prospettavano guai per la persona in questione. Tuttavia, mentre il locandiere ebbe un sussulto alla vista di costoro, la donna si illuminò in viso. Né lei si mostrò intimidita mentre gli uomini di Padruig, spavaldi e arroganti, facevano scappare dei buoni clienti. La domanda era sempre la stessa: "Avete visto una ragazza? Capelli scuri, viaggia da sola? Risponde al nome di Sorcha?"

"No," disse un uomo intimorito. Costui raccolse le sue cose e lanciò un'occhiata ansiosa al povero locandiere. "Non ho visto nessuno, lo giuro!"

"Nemmeno io," disse un altro, anch'egli sul punto di andarsene.

Era decisamente improbabile trovare una donna sola in un luogo del genere, a meno che non si trattasse di una meretrice; eppure l'anziana se ne stava lì seduta tranquilla, senza temere di essere scambiata per una donna di malaffare. Per certi uomini, anche una vecchia sdentata andava bene quando i gioielli di famiglia rischiavano di farsi blu. In quel momento, uno degli uomini in livrea si sedette accanto a lei. "Per caso voi avete visto la ragazza che cerchiamo?"

L'anziana sorrise, sfoggiando denti bianchi e perfetti. "Quella di nome Sorcha?"

"Sì, signora."

"No," rispose lei, scuotendo la testa canuta. Ma quando l'uomo fece per alzarsi, aggiunse: "Ma ne ho sentito parlare…"

L'uomo di Padruig si acciglò e tornò a sedersi. "Cosa avete sentito?"

"Ho sentito dire che è diretta alla culla della nostra gente." C'era una nota di meraviglia nella voce della vecchia. Non aveva finito di parlare, ma l'uomo in livrea aggrottò la fronte. "Che scemenze andate dicendo?"

"Bah! Voi siete un giovanotto robusto," dichiarò l'anziana. "E dal vostro sguardo capisco che siete anche saggio." Placato, l'uomo la lasciò proseguire. "Dovete dunque sapere che è dalla Grotta del Gigante a Rònaigh che è stata estratta la Pietra di Scone. Sapete di cosa parlo, vero?"

"Certo," disse l'uomo, raddrizzando la schiena. "An Lia Fàil."

"Proprio quella!"

"Re David in persona è stato incoronato sopra di essa."

La donna annuì. "Così dicono." Allungò una mano

verso il lungo bastone nodoso che aveva appoggiato sotto il tavolo. "Alcuni dicono che lo stesso Conn delle Cento Guerre fu incoronato su quella pietra, ma cosa ne so io? Sono solo una vecchia."

L'uomo inarcò un sopracciglio. "Ne sapete parecchio, a quanto pare." Ma invece di rimproverarla per aver menato il can per l'aia, decise di restituirle il favore e di adularla, nella speranza di ricavare da lei ulteriori informazioni. "Dovete essere una persona davvero importante per sapere tante cose. Ditemi, cos'altro avete sentito?"

La vecchia strinse il lungo bastone con le dita rattrappite. "Oh... nulla."

Imprecando sottovoce, il soldato fece ancora una volta per alzarsi; e ancora una volta la donna lo fermò. "Tranne..."

Celando una smorfia d'ira, l'uomo di Padruig tornò a sedersi e la donna proseguì, ignorando il suo malumore. "Dicono che sia andata a sposare quel *laird* cieco."

"Chi?"

"Il *laird* di Rònaigh."

"Rònaigh?"

"Così dicono." Ciò detto, l'anziana osservò il boccale quasi vuoto senza celare la propria sete.

"Locandiere!" gridò l'uomo, sollevando la mano. "Locandiere, portate a questa brava donna dell'altra birra."

L'anziana si portò una mano al petto. "Grazie," disse con voce gentile e un'espressione compiaciuta. "Un goccetto fa sempre bene."

"A occhio e croce, voi parlate per grande esperienza," osservò il soldato. "Ma ora ditemi, signora: cos'altro avete sentito dire?"

"Beh," rispose la vecchia. "il *laird* di Dunrònagh – un Mac Swein, credo – si dice essere il legittimo erede di Conn Cétchathach." Il locandiere le mise di fronte un boccale e la donna si interruppe per bere un lungo, robusto sorso, costringendo il soldato ad attendere. Alla fine, una volta conclusa la bevuta, si asciugò la bocca con la manica e ruttò. "Dicevo, ho sentito dire che la stella fortunata prelude l'ascesa della dinastia di Conn."

"La stella fortunata?"

"Sì; l'avete vista." La donna indicò la porta. "C'è una vecchia canzone che dice… 'Brilla sul Minch la stella fortunata'–"

L'uomo si alzò. "Che ti venga un colpo, vecchiaccia! Non ho tempo per stare a sentire le tue stupide canzonette. Se non hai altro da aggiungere, noi ce ne andiamo."

L'anziana parve dispiaciuta e si imbronciò. "Oh, beh," disse. "Andate, se proprio dovete; ma badate a seguire quella stella. Vedrete," disse. "Vedrete," ripeté. "Ah, e badate bene di portare un dono alla sposa."

"Che il diavolo ti porti, donna! Ho sentito abbastanza," esclamò l'uomo, sferrando una manata al tavolo.

Poi il soldato si alzò senza nemmeno salutare. Con grande sollievo del locandiere, radunò i suoi uomini e se ne andò con loro, lasciando la locanda più o meno come l'aveva trovata, anche se con qualche buon cliente in meno. Il locandiere imprecò ad alta voce, ma la donna sorrise e bevve un nuovo sorso di birra prima di appoggiare il boccale sul tavolo. Poi riprese il lungo bastone che aveva appoggiato e se ne andò, seguendo gli uomini di Caimbeul e canticchiando:

"Brilla sul Minch la stella fortunata
che dalla nebbia conduce la dolce fanciulla.
Lunga la chioma e morbida la pelle,
il leone farà uscire dalla tana.

Dopo essersi resa conto di quanto doveva essere disperata quella gente, Sorcha era molto più incline a perdonarli. Sapeva che quello era un suo difetto, dal quale peraltro suo fratello Keane l'aveva spesso messa in guardia.

"Sorcha," le aveva detto. "Il tuo cuore tenero sarà la tua rovina." E infatti eccola lì a consumarsi su un'isoletta remota all'estremità settentrionale del Mare del Nord, mentre Una era ancora lontana. Ciò nonostante, era bello avere una distrazione, seppur momentanea. Solo ora che aveva qualcosa 'd'altro' a cui pensare si rendeva conto di quanto la rabbia l'avesse snervata. Non voleva davvero avere in odio i suoi consanguinei. Non voleva avercela con Aidan né con altri. Che diamine, non poteva cambiare il fatto di essere la figlia di un demonio, ma non per questo doveva diventare un demonio lei stessa. Come poteva dire di no a della gente bisognosa del suo aiuto?

Decisa a trarre il massimo dall'occasione – e ad andarsene il prima possibile – si incamminò di buona lena verso le scuderie per andare a trovare Liusaidh. Nessuno la fermò mentre usciva dalla cucina. Ma nessuno la ignorò: fu accolta da saluti esuberanti e ampi sorrisi, come se quella gente la conoscesse da sempre.

Chiaramente, Sorcha era libera di andare e venire come desiderava, e stando a quanto dicevano Alec e Bess, di qualunque cosa avesse bisogno – qualunque cosa – le sarebbe bastato chiedere e lo avrebbe ricevuto.

Al momento non desiderava altro che vedere la sua cara giumenta, e non dovette attendere a lungo: trovò Liusaidh rinchiusa in una stalla buia, intenta a masticare del fieno vecchio, circondata da bambini curiosi che infilavano le dita tra le assi. Ma non appena la videro, questi le fecero largo.

"Non avevo mai visto un cavallo magico," disse una

bambina. Sorcha sorrise e le accarezzò la testa. "Non è un cavallo magico, cara. È un cavallo dei Guardiani."

"Sì, beh, la mia mamma dice che è magica e io *devo* crederle."

"Devi proprio, eh?"

"Sì."

Non aveva molto senso discutere con una bambina. Se quell'angioletto dal viso rotondo voleva credere che Liusaidh fosse un animale fatato, che lo facesse pure.

Divertita, Sorcha entrò nella scuderia e si chiuse la porta alle spalle. Accarezzò la guancia di Liusaidh e le mormorò teneramente all'orecchio. "Non temere, bellezza," disse. "Presto ce ne andremo." In poco più di due settimane, se ci aveva visto giusto. I locali avevano già iniziato i preparativi per la festa che avrebbe sancito la fine della prigionia di Sorcha. Tuttavia, non era necessario per Liusaidh trascorrere le giornate chiusa in una stalla così minuscola. Nella Valle non erano soliti intrappolare i loro cavalli in bugigattoli così bui. Non appena avrebbe potuto farlo, Sorcha intendeva lasciare il suo cavallo libero di galoppare. Liusaidh era decisamente più abituata a girare libera per la campagna.

Purtroppo, nella stalla accanto vi era un cavallo scuro d'umore cupo quanto l'ambiente. Essendo l'unico altro cavallo presente, doveva appartenere al *laird*. Col muso chino, il povero animale pareva un poco depresso, proprio come il suo padrone. Forse anche a lui sarebbe piaciuta una galoppata per i campi assieme a Liusaidh? A ogni modo, Sorcha era sicura che il suo padrone non lo venisse a trovare da troppo tempo. "Come si chiama il cavallo?" chiese ai bambini.

"Diabhal," rispose un ragazzo più grande degli altri.

"È di Caden," disse una ragazza. "Lo sistemerai?"

"Il cavallo?"

"No!"

I bambini risero allegramente.

"Intende il nostro *laird*," spiegò il ragazzo.

Sorcha si voltò verso il variegato gruppo di bambini. I faccini sporchi e i nasi rosei, i piccoli attesero con ansia la sua risposta.

Sistemare Caden era quello che avrebbe cercato di fare, ma non poteva promettere nulla. E tuttavia, le espressioni speranzose sui volti dei piccini erano tanto genuine che Sorcha non si sentì di deluderli. "Sì, lo farò," disse, pregando di aver promesso il vero.

Un ragazzo si fece avanti tenendo in mano un fiore giallo tutto schiacciato. Glielo offrì da sopra il cancelletto. "Tieni," disse. "È per te."

"Tapadh leat," disse Sorcha. *Molte grazie.*

"È stata la vecchia Biera a dirmi di dartelo," spiegò il ragazzo. "Ha detto che avresti saputo cosa farne."

"Ma guarda un po'," disse Sorcha, osservando il fiore schiacciato. Era un bocciolo di *ruagaire deamhan*, la 'scaccia demoni', chiamata così perché allontanava gli spiriti maligni, tanto da fuori il corpo quanto da dentro. Sbocciava abbondante nel periodo del solstizio d'estate. Il fiore, schiacciato e lasciato a macerare nell'olio, creava una tintura rosso sangue che si poteva usare per arrestare il sanguinamento, trattare le ferite e persino per contrastare un veleno. Tuttavia, quando veniva assunto per via orale dopo essere stato macerato nell'acqua purificata, esso aveva un effetto calmante sul corpo e sullo spirito. Era stata Una a farglielo conoscere; l'anziana aveva sempre rispettato le doti guaritrici di quel fiore. Una volta, quando Sorcha aveva dieci anni, l'aveva portata fino alla radura fatata vicino a Dubhtolargg e le aveva mostrato come raccoglierlo e prepararlo.

Hmm... Più cose apprendeva riguardo a quella vecchia di nome Biera e più sospettava si trattasse di Una sotto mentite spoglie. Tuttavia, piuttosto che celare le proprie tracce, la sua mentore pareva aver deciso di lasciarle degli indizi. "Potresti mostrarmi dove cresce questo fiore?" chiese al ragazzo. Questi annuì, al che lei uscì dalla scuderia e lo prese per mano. "Adesso?"

"Lo faccio io," rispose la ragazzina. "Lo faccio io!"

"Anch'io," disse un altro bambino, dopodiché tutti cercarono di afferrare la sua mano libera. Quando lasciò le scuderie, Sorcha aveva una manina in ciascuna delle sue e una dozzina di pugnetti aggrappati al suo vestito.

CAPITOLO OTTO

Con solo una manciata di guerrieri rimasti e la fortezza difesa principalmente da donne e bambini, il villaggio di Rònaigh aveva vissuto l'inverno in preda alla trepidazione.

Come soluzione estrema in caso di necessità, c'era sempre la possibilità di far riparare tutti nella fortezza, dar fuoco al fossato e approfittare del tempo così guadagnato per evacuare il villaggio attraverso i cunicoli sotto la sala grande. Costruiti oltre cinque secoli prima, quei tunnel conducevano fino alla baia dov'erano conservate le loro navi. Non sarebbe stato facile fuggire in quella maniera: alcuni dei cunicoli erano stretti e ripidi. Ma una volta arrivati in fondo, tempo permettendo, avere accesso alle navi avrebbe consentito loro di lasciare l'isola. Tre *knörrs* sarebbero bastati a evacuare l'intera popolazione del villaggio. Ma anche in un caso del genere, affidarsi al mare era una faccenda complessa. Non c'erano porti sicuri a Rònaigh e la spiaggia era molto piccola... sfruttata per lo più dagli ostinati MacLeod. Ci volevano marinai esperti per navigare le acque circostanti e un'abilità persino maggiore per penetrare il singolo, roccioso accesso alla baia che proteggeva i loro vascelli. Per secoli, quella era stata la loro fortuna più grande: ci volevano animi coraggiosi per avventurarsi tanto a nord e ancora più coraggiosi per insediarsi a Rònaigh e rimanervi. Nel cuore dell'inverno, il Mare del Nord era un nemico mortale.

Ma ora che mancava meno di un mese a Beltane, il clima era stranamente caldo. Se la profezia formulata dalla donna sacra era vera, gli abitanti dell'isola erano più vulnerabili che mai. Tuttavia, la celebrazione imminente era attesa con grande gioia, perché fintanto che i locali avessero avuto fiato in corpo non avrebbero lasciato giorno senza rendere omaggio alla compassione della Cailleach e all'infallibile generosità di Brighde. Perché, mentre Rònaigh d'inverno era un'amica inaffidabile, d'estate donava loro un raccolto generoso.

In alto al di sopra del mare gelido, l'erba era sempre verde e piena di semi di ogni genere. E sebbene il bestiame dovesse essere importato dall'esterno, il mare era molto generoso con loro, fornendo pesci e molluschi più che sufficienti a sfamare il villaggio e una popolazione in crescita di foche. La Grotta del Gigante era un banchetto sempre aperto. Mentre gli stranieri avevano paura a entrarvi, i giovani del luogo vi pescavano e inseguivano i granchi.

In fin dei conti, quella era una terra che valeva la pena difendere...

E tuttavia, Biera aveva detto che quella donna li avrebbe condotti via da lì, quella ragazza dai lunghi capelli morbidi che ora camminava mano nella mano coi loro giovani, ora molto più numerosi degli adulti ancora in vita. Ci sarebbero voluti gli sforzi dell'intero villaggio per crescerli. E ciò nonostante... se Sorcha non avesse realizzato la profezia della veggente, a loro rimaneva poco tempo su quella terra. Così tante cose dipendevano dal modo in cui Sorcha sarebbe intervenuta su Caden, e ancora di più sulla morte dell'orgoglio di quest'ultimo. Quando sarebbe venuto il momento...

e sarebbe venuto presto... Bessie pregava con tutto il suo cuore che sarebbe stato Sorcha a prevalere.

Sapeva bene che Alec non aveva tratto alcuna gioia dal rapire un'innocente, soprattutto dopo l'ordalia col vecchio MacLeod, ma *tutte* le loro speranze erano riposte sulle spalle di Sorcha.

In un momento di intimità rubato agli impegni, i due fedeli servitori guardarono dalla finestra mentre Sorcha risaliva la collina coi bambini del luogo. Sotto la brillante luce del giorno e di quella strana stella luminosa, la donna aveva un aspetto divino nell'abito che le aveva dato Bess: l'abito nuziale un tempo appartenuto alla madre di Caden. Essendo Sorcha ancora più alta di Mary Mac Swein, l'abito le sventolava attorno alle caviglie mentre camminava. "Credi che ce la farà?"

Biera si era mostrata sicura, ma Alec pareva preoccupato. Si strinse nelle spalle.

"Il mio pane non le è piaciuto," disse sospirando Bess. "A nessuno piace il mio pane."

Alec si voltò verso di lei. "Ah, non dire così. Era solo abbattuta per la notizia che ha ricevuto. Non preoccuparti di lei. Io ti..." Parve sul punto di dire qualcosa di più. "Ti apprezzo molto per il tuo pane," disse infine. "Sì, proprio così. Amo alla follia il tuo pane."

Rimasta senza un marito e senza figli, Bessie era ansiosa di fare qualcosa di buono. Si era impegnata al massimo per assumere il ruolo che era stato del cuoco e voleva disperatamente conquistare il cuore di Alec. "Ne vorresti un po'? Ne ho ancora tre pagnotte."

"Ah, sì," disse l'uomo, sorridendo con aria imbarazzata, ma tenendo la mano in quella di lei mentre si voltava verso la finestra.

Bessie azzardò sperare che condividesse il suo affetto. Appoggiò la testa sulla sua spalla, un gesto ardito, mentre guardavano i bambini guidare Sorcha sulla collina e fino al punto in cui, in quel giorno terribile di novembre, così tante vite di Rònaigh erano state perse. Che cosa curiosa, pensò... tutti quei piccoli fiori gialli erano apparsi proprio nel luogo in cui era stato sparso tanto sangue. "Com'è che aveva chiamato quel fiore?"

"Erba di San Giovanni. Prende il nome dalla decapitazione di San Giovanni il Battista."

"Chi era San Giovanni e cos'è un Battista?"

"Non lo so, Bessie. Qualcuno di importante, immagino."

"Beh, dovremmo chiederlo al prete quando tornerà. Anche se non credo che lo farà tanto presto, dopo che Caden ha minacciato di appenderlo per la lingua quando lui ha detto che la cecità era una maledizione di Dio."

Parecchi preti erano soliti recarsi di quando in quando a Rònaigh, principalmente per visitare il reliquiario di San Ronan. *Tutti* gli uomini e le donne sacri erano i benvenuti sulla loro isola, dove molti credevano si trovasse la culla della vita stessa: era infatti lì che il Dio cristiano si incontrava con la chiesa dell'Éire e con la fede e la furia degli uomini del Nord.

Nella parte settentrionale dell'isola si trovava un circolo druidico, un luogo sacro dove si teneva la festa di Calendimaggio. Più a nord, dalla parte opposta dell'altura, vi erano le rovine di una vecchia chiesa dedicata a San Ronan, un monaco che era riuscito a cogliere la natura divina di Rònaigh. Entrambi i luoghi sacri facevano parte della vita della gente del luogo da che tutti avevano memoria. La donna sacra aveva definito gli abitanti dell'isola un popolo eletto.

"Ma è curioso, non credi?" disse Alec. "Un fiore che prende il nome da un santo decapitato dovrebbe ora guarire il cuore di un uomo che ha spiccato la testa di suo fratello."

"E se lei si sbagliasse?"

Alec si voltò e la prese tra le braccia. "Ah, dolce signora, se lei si sbaglia, Rònaigh sarà perduta."

Per un lunghissimo istante, nessuno dei due si mosse o disse nulla; poi Bessie trovò il coraggio di immergersi nell'abbraccio dell'uomo e di guardarlo con tristi occhi marroni. "Prega, allora. Prega che la ragazza abbia successo..."

"Bessie... Io... devo dirti una cosa..."

"Cosa?" chiese lei, pregando di sentire quelle parole che tanto avrebbe voluto udire. Il cuore le balzò nel petto. E poi, all'improvviso, la voce di Caden risuonò come un ruggito tra le pietre della fortezza. "Santo cielo!" esclamò lei. Alec la strinse a sé un'ultima volta prima di allontanarsi di corsa.

CADEN NON POTEVA PIÙ VEDERE LE FESSURE NEL soffitto, ma sentiva ancora benissimo il vento che ululava tra esse. I suoi occhi parevano aver sofferto, ma le sue orecchie diventavano sempre più sensibili.

Poco dopo la... cecità, aveva ordinato di togliere tutto – tutto – dalla sua stanza: le sue armi, le sue proprietà, persino il braciere che avrebbe dovuto tenerlo al caldo. Si era stufato di inciampare nelle sue cassepanche e di scottarsi i peli del culo. Erano rimasti solo il letto e una sedia; se anche avesse tremato di freddo nel cuore della notte, era una giusta punizione per ciò che aveva fatto.

A quel punto doveva accettare la pena con quanta più grazia possibile e accettare la verità: Rònaigh era un luogo maledetto.

Ciò nonostante, per la prima volta in molti mesi, voleva trovarsi in un luogo diverso da quello in cui era. Sentendosi irrequieto, si alzò di scatto dal letto – nudo come il giorno in cui era nato – e si recò d'istinto alla finestra, lasciandosi scaldare il viso dal sole.

Ah... quanto era trascorso dall'ultima volta in cui si era concesso persino quel semplice piacere?

Aveva vissuto nell'oscurità, nel freddo e nella solitudine dalla morte di suo fratello, ma in quei pochi momenti di conversazione la ragazza aveva gettato un raggio di sole nel suo mondo. Ora, piuttosto che stordirsi con l'alcol, si ritrovava ad attendere il suo ritorno...

E se non fosse mai tornata? E se, facendo appello al buon cuore di Alec, l'avesse convinto a portarla via? E se avesse deciso di non tornare mai più?

Caden moriva dalla voglia di sapere chi fosse la giovane, ma anche se avesse trovato il coraggio di scendere le scale, tutti i suoi abiti si trovavano in anticamera, lasciati a marcire nelle cassepanche. Con gli occhi che si ritrovava, avrebbe potuto finire coll'indossare uno degli abiti di sua madre. Alec aveva ragione: era troppo orgoglioso per chiedere aiuto.

Ancora una volta i suoi pensieri tornarono alla ragazza che si era ritrovato nel letto. Si chiese chi potesse essere. Si chiamava Sorcha, o così aveva detto. *Ma Sorcha chi? E da dove veniva?*

Caden le avrebbe chiesto tutto quello e altro ancora, ma quell'idiota di Alec, dopo aver causato tanti guai, pareva aver deciso di scomparire dalla circolazione. Erano amici, ma Alec sapeva che non era il caso di tirare la corda; eppure era proprio quello che stava facendo. Agendo di testa propria, aveva rapito una povera ragazza, e l'ultima cosa di cui Rònaigh e Caden avevano bisogno in quel momento era ritrovarsi esposti alla vendetta del padre di lei, senza che Caden potesse difendere se stesso o la sua gente. Quali conseguenze avrebbero sofferto per l'impetuosità dell'agire di Alec?

Cominciava a pentirsi di avergli affidato il comando.

All'epoca, aveva sperato che Alec avrebbe capito qual era la cosa migliore da fare e, prendendo con sé gli abitanti del villaggio rimasti, sarebbe andato a implorare la compassione del vecchio MacLeod. Non era trascorso tanto tempo dalla loro alleanza da far sì che l'uomo dicesse per forza di no, soprattutto se gli fosse stata offerta Rònaigh. A che serviva l'orgoglio quando era in gioco la vita?

Crogiolarsi nelle antiche glorie quando non c'era futuro era una posizione insostenibile. Ed era inutile negare che la situazione fosse gravissima.

Eppure Sorcha lo faceva sorridere...

Pur credendosi una prigioniera, non aveva mostrato la minima reticenza, né tantomeno di possedere un grammo di mansuetudine in corpo. Diceva quello che pensava nel modo che preferiva. Quali genitori avevano cresciuto una ragazza tanto sfacciata? Caden non aveva mai conosciuto una donna tanto sicura di sé... con l'eccezione di Brighde. Ma quella donna sacra e vagabonda doveva essere imparentata con gli dei, perché andava e veniva da Rònaigh tutti gli anni da che Caden aveva memoria, e ciò nonostante pareva più giovane di lui di anni, coi brillanti occhi verdi, la pelle perfetta e i capelli d'oro.

Ma nemmeno la bellezza di Brighde era stata una prova sufficiente per Caden. Lui era felice di vederla arrivare e felice di vederla andarsene. Al contrario, quella ragazza di nome Sorcha si era intrufolata nei suoi pensieri fino a insediarvisi stabilmente, e tuttavia lui non aveva nemmeno idea del suo aspetto.

Il profumo della donna era come manna dal cielo e la sua voce era una canzone che non pareva intenzionata ad abbandonare la testa di Caden.

Che diamine, se si fosse trattato di un'altra, probabilmente si sarebbe svegliata urlando e non avrebbe mai smesso. Sorcha, invece, aveva avuto la presunzione di interrogare lui – il *laird* del castello, erede di Conn – e aveva parlato del suo 'soldatino' come se ne avesse visti migliaia. Doveva essere una meretrice o una guaritrice. Caden si scoprì a sperare che fosse vera la seconda ipotesi. Con quel pensiero in mente e stanco di aspettare, si recò alla porta – un percorso che aveva fatto mille volte in passato, ma quando aveva ancora la vista – e la aprì, gridando a pieni polmoni. "Alec!" ruggì. "Alec!"

Come quella del leone raffigurato sul suo stendardo, la sua voce risuonò come un ruggito per la fortezza. Caden avvertì un'ondata di sollievo quando udì un pesante rumore di passi scendere le scale. A volte, per quanto lui pregasse proprio a tal fine, temeva che un giorno si sarebbe svegliato e si sarebbe trovato da solo: che, quando avrebbe chiamato Alec, nessuno sarebbe venuto.

Fortunatamente, sempre fedele, il suo capitano e migliore amico rispondeva sempre alla chiamata. "Cosa c'è?" chiese Alec, ansimando. Caden lo immaginò rosso in viso e piegato in due, le mani sulle ginocchia. "Che posso fare per te, *laird*?"

Caden avrebbe voluto chiedergli della ragazza; aveva la domanda sulla punta della lingua. Invece si grattò la testa, rendendosi conto di essere untuoso come l'uccello di un macellaio e puzzolente come bucato vecchio. "Ho bisogno di un bagno," disse. E nel momento in cui quelle parole gli uscirono di bocca, avvertì un desiderio disperato del contatto con l'acqua calda e pulita.

Per un lunghissimo istante, la sua richiesta fu accolta dal silenzio. Poi Alec chiese in tono leggermente sconvolto: "Un *bagno*, mio *laird*?"

Caden udì il sorriso nella voce di Alec.

"Sì, testone. Hai sentito bene. Ho bisogno di un bagno. E se non ti levi quel ghigno dalla faccia, ci penserò io."

Alec soffocò una risata, ma Caden la udì comunque. "Sissignore!" esclamò entusiasta, tradito dalla gioia nella sua voce. Prima ancora che Caden potesse congedarlo, era già svanito, sceso di corsa lungo le scale mentre chiamava urlando Bess. "Vuole un bagno," gridò mentre correva. "Caden vuole fare il bagno!" E rise in maniera così stupida che Caden non poté avercela con lui. Anzi, si ritrovò a sorridere per la gioia che udì nella voce di Alec, e a chiedersi quando quell'imbecille si sarebbe dichiarato a Bessie. Non importava cosa accadesse, nel bene o nel male, Bessie era la persona da cui Alec correva sempre. In effetti, Caden aveva il sospetto che la sua lealtà nei confronti della donna superasse persino quella nei confronti del suo *laird*.

Circondata dai bambini, Sorcha si ritrovò a compiere un gesto del tutto inaspettato: raccogliere erbe come un'infervorata. Per quanto fredda e minacciosa dovesse essere d'inverno, l'isola era il paradiso degli apotecari. Già aveva visto il millefoglio, il cardo mariano e il partenio.

Alcune farfalle le volarono accanto. Tra i fiori ronzavano le api. Sule e gabbiani volavano nel cielo azzurro pieno di nuvolette soffici tra cui serpeggiava quella strana stella luminosa.

Più in basso, nei pressi della spiaggia, le nere scogliere erano piene di pulcinelle di mare, gabbiani dal becco nero e gabbiani tridattili.

Come promesso, i ragazzini condussero Sorcha a un ricco giardino di *ruagaire deamhan*.

Non era ancora il periodo di quei fiori a forma di

stella, che tuttavia ricoprivano il fianco della collina. I petali stropicciati e gli steli dritti erano talmente spessi da risultare legnosi e alcune delle piante erano più alte dei bambini.

Per stare sicura, Sorcha staccò una foglia e la guardò in controluce per controllare se fosse perforata. Lo era.

Sorcha era sempre più convinta che fosse stata Una a mandare Alec a prenderla a Lochinver. *Questo non è un campo comune. E questa non è un'isola comune.* Del resto, se Una era la Cailleach… doveva essere più vecchia del tempo stesso. Doveva essere madre dell'inverno dal viso blu. "Che tu sia la Fanciulla, la Madre e la Megera," era solita dire. "Che tu sia il Dio Cornuto, lo spirito selvaggio della foresta!" Quell'antico augurio assumeva ora un nuovo significato.

Prendendo in considerazione la possibilità che quella gente l'avesse trovata senza alcun aiuto dall'esterno – e credendola improbabile – Sorcha schiacciò tra le dita il bocciolo di *ruagaire deamhan*, facendone scorrere il succo violaceo.

L'erba poteva essere somministrata in forma di tisana o di tintura, e in quel campo ce n'era più che a sufficienza per entrambi gli usi.

Arruolando i piccini per aiutarla a raccogliere tutti i fiori, mostrò loro come tagliarli nella maniera precisa che le aveva insegnato Una, per evitare di sporcarsi le mani; ciò nonostante, giunti alla fine del compito, i bambini avevano tutti le mani di un rosso acceso e Sorcha aveva la gonna piena di boccioli e macchie viola scuro sull'abito azzurro preso in prestito. Comunque, i bambini si misero a ridere e a correre, salutandola allegramente mentre lei li guardava ridendo.

Più tardi, una volta che furono tornati alla fortezza, Sorcha decise di imitare sua sorella Lìli e si impadronì del primo piano di lavoro che trovò. Era la prima cosa che Lìli aveva fatto al suo arrivo a Dubhtolargg, per cui aveva senso che lei facesse lo stesso. *Perché no?* Se costoro volevano il suo aiuto, lei aveva bisogno di un posto per tagliare e tritare le erbe. Il minimo che i locali potessero fare dopo averla rapita era darle un tavolo.

Poi, siccome Una non aveva cresciuto né lei né le sue sorelle come persone timide, Sorcha esigette che le fossero restituiti il grimorio e la *keek stane*. Non solo il libro conteneva la storia del suo clan, ma era colmo di ricette dal valore incalcolabile, tutte trascritte a mano da Una. E quello, si rese conto, era un altro indizio: Una aveva sempre detto di aver scoperto personalmente ogni singola ricetta, ma in quel libro ve n'erano centinaia. Ci sarebbe voluta una dozzina di vite per appuntarne così tante. Ormai era certa che Una e la Cailleach fossero una persona sola... ossia una vecchiaccia subdola!

Ma quella era una questione che andava risolta con Una e solo con Una. Con immenso piacere di Sorcha, Alec le restituì *keek stane* e grimorio senza alcuna obiezione e le concesse un luogo di lavoro tutto per lei. Si trattava della stanza che un tempo era stata usata come cucina, prima che venisse spostata dalla torre; Sorcha lo apprese da Bessie quando la donna le mostrò dove procurarsi gli utensili, ossia in una stanzetta adiacente alla nuova cucina.

Sorcha si mise al lavoro. La prima cosa da fare era essiccare i fiori: troppa umidità avrebbe potuto rovinare la tintura. Mise in alcuni cesti quelli da cui voleva ricavare un infuso e sparse gli altri sul pavimento di pietra, nella zona più vicina alla finestra, in modo che il sole li scaldasse. Prima di poterci fare qualcosa, aveva bisogno che i boccioli riposassero per circa due giorni; poi li avrebbe raccolti nuovamente per preparare le sue medicine.

Canticchiò mentre lavorava, perché nonostante la situazione in cui si trovava era pazzamente felice di poter lavorare anche solo per un po' in quelle condizioni. Sua sorella Lìli non aveva accesso a un ambiente di lavoro tanto grande. Il tavolo di sua sorella era relegato in un angolino della sua camera da letto. E Una, sebbene avesse praticato per molti anni l'arte della medicina, lo aveva fatto rinchiusa in una grotta buia e umida sotto la montagna, dove la nebbia gelida faceva dolere le ossa. Ma il tavolo da lavoro di Sorcha era stato piazzato al centro di una grande stanza, come se il suo contributo fosse tenuto in grande considerazione.

A casa sua si era sentita data per scontata. Dopotutto, Sorcha era sempre stata una persona su cui contare: guardava i nipoti, svolgeva commissioni per tutti, portava l'acqua, si accertava che tutti avessero vestiti puliti. Mentre sua sorella Lìli si prendeva cura dei malati, Sorcha si limitava a seguirla, aiutando ove possibile.

La verità era che, al termine di quella mattinata, Sorcha aveva una motivazione nuova, che non c'entrava nulla con la ricerca di Una. Forse, con un po' di fortuna, avrebbe potuto aiutare quella gente e trovare comunque l'anziana.

Perdiana, le dispiaceva per Caden Mac Swein. Come doveva essersi sentito quell'uomo quando aveva scoperto di aver ucciso il proprio fratello? *Quando lo aveva visto decapitato e si era reso conto che la colpa era sua?* Il solo pensiero le fece venire voglia di cavarsi gli occhi. Ma non appena ebbe scacciato dalla sua mente quell'immagine orribile si ricordò di ciò che lei stessa aveva subito.

Con l'occhio della mente, rivide Padruig incombere sul padre di Aidan, la barba lunga macchiata di sangue e le macchie rosse sulla spada. Caimbeul aveva pulito la lama nella gonna di sua madre, dopodiché Sorcha aveva assistito con orrore allo stupro di quest'ultima.

La cosa più terribile era il fatto che quelle erano

state le ultime visioni rivelatele dalla *keek stane*. *Quale doppiezza! Quale crudeltà!* E lei aveva nelle vene il sangue di quell'uomo. Ogni volta che ci pensava era colta da brividi di freddo.

Lei non era mai stata il tipo da lamentarsi delle circostanze in cui si trovava. Le avevano insegnato a trarre il meglio da qualunque cosa, perché l'indomani era sempre incerto. Per dire: una *sennight* prima, Sorcha si era creduta un membro prezioso del suo clan. C'era voluto ben poco perché ciò si rivelasse falso!

Tormentata da quei pensieri, fece una pausa dal lavoro e uscì a osservare la stella. Come un faro, essa era sospesa in alto sopra l'isola... come se avesse avuto intenzione di condurla proprio lì. "So che sei tu," mormorò. "So che sei tu, Una. Mostrami cosa devo fare..."

Ma la stella non rispose. Cocciuta, rimase dov'era a brillare sull'isola, taciturna e vigile come l'occhio di una divinità.

"Buongiorno, mia signora," disse una ragazzina, salutando Sorcha con le manine rosee. Lei rispose al saluto. Due ragazzini la oltrepassarono correndo e ridendo.

Solo allora si rese conto di quanti giovanissimi ci fossero su quell'isola... molti di più degli adulti che si prendevano cura di loro. Sorcha esitò nel rendersi conto di quanto doveva essere vulnerabile quella gente.

Il che, a sua volta, le fece tornare in mente il suo clan, anch'esso molto indebolito. Nacque in lei un'empatia immediata per quelle persone. Fino a quando non avesse avuto la possibilità di riunirsi alla sua mentore, loro avrebbero avuto bisogno di lei e Sorcha intendeva mettere a frutto il tempo che avrebbe trascorso su quell'isola, a cominciare da quello che doveva fare con quel mesto *laird* che si ritrovavano.

La comprensione per quella gente la spinse a perdonarli per le loro soverchierie e la loro maleducazione.

Prendendo ancora una volta l'iniziativa, uscì a grandi passi, diretta alla scuderia per liberare Liusaidh. E, già che c'era, anche Diabhal. *Povero cavallo!* Dove mai sarebbero potuti scappare quegli animali? Come Sorcha, anch'essi erano intrappolati lì, e nessuno dei due aveva le ali… checché ne pensassero i bambini.

Cavallo fatato, bah! Ci mancava solo che definissero Liusaidh un unicorno. Alla fine del pomeriggio, entrambi i cavalli si stavano riposando sotto un vecchio sorbo e Sorcha, finalmente, era pronta a salire le scale e affrontare Caden Mac Swein.

CAPITOLO NOVE

$\mathcal{P}$roprio quando Caden cominciò a temere il peggio – che Sorcha se ne fosse andata – la donna fece irruzione nella stanza in cui se ne stava ammollo in attesa del ritorno di Moira... che ce ne stava mettendo, di tempo. Così tanto che, mentre se ne stava lì seduto da solo, Caden ebbe modo di rendersi conto di quanto fosse abituato a ricevere le attenzioni di coloro che lo circondavano. Quanto tempo avevano perso occupandosi di lui? Quante delle loro premure lui aveva dato per scontate? Nella sua mestizia, Caden aveva deciso di salvare la sua gente da loro stessi, ma chi avrebbe salvato loro da lui? L'ultima cosa di cui gli altri avevano bisogno era dover calmare le sue ire o soddisfare i suoi bisogni. Caden era un uomo adulto, molto più capace di molti... specialmente di coloro che non c'erano più.

Molto più capace di Davie.

Si rese conto di essersi comportato come un bambino viziato, uno che aveva il lusso di potersi autocommiserare mentre, tra la sua gente, nessuno poteva goderne.

"Dunque pare che mi abbiano fatta venire qui per

assisterti," annunciò Sorcha, in tono decisamente sprezzante.

Colto di sorpresa, Caden lanciò un urlo dal suono infantile, spruzzandosi il viso d'acqua, e per la prima volta in vita sua si sentì mortificato. Per la miseria, avrebbe potuto essere impegnato in qualunque genere di attività. *Qualunque!* La giovane non sapeva forse bussare? Maledisse la cecità che gli impediva di vedere più in là della sua mente… e le sue orecchie per averlo tradito. Che diavolo sarebbe successo se Sorcha fosse entrata mentre lui se lo stava menando? Celò la propria umiliazione dietro un tono esasperato. "A meno che tu non abbia il potere di resuscitare i morti," disse, "non puoi essermi di alcun aiuto."

O meglio, qualcosa avrebbe potuto fare, ma Caden non era un uomo lussurioso; e tuttavia, la sua libido era tornata prepotentemente alla riscossa e persino in quel momento lui ce l'aveva duro. Si immerse ancora di più nella vasca, al tempo stesso infastidito dall'intrusione della donna e sollevato dal suo ritorno. E tuttavia, in verità, ella si comportava più che altro come se fosse stata sua madre, che era scomparsa da vent'anni. Era un po' tardi per farsi adottare.

"Non commiserarti, Caden Mac Swein. Hai due buone gambe e due buone mani; dovresti esserne grato."

Lui stesso si era detto più volte la stessa cosa, ma sentire esprimere il concetto ad alta voce – per di più da un'audace donna forestiera – lo fece sentire ancora più in colpa e vergognoso di se stesso.

D'altro canto, a lei era mai capitato di perdere un fratello per mano propria? Era in grado di vedere se stessa come la vedevano gli altri? Un peso e un fastidio, indesiderabile e imperdonabile.

Ignara di ciò che gli passava per la testa, la ragazza gli si avvicinò e infilò le dita nell'acqua del suo bagno;

poi si raddrizzò e Caden la *percepì*, più che vederla. Si rese conto di quanto fossero migliorati gli altri suoi sensi, perché riusciva a intuire la forma del suo corpo, lungo e snello.

Ma come poteva aver colto un dettaglio del genere?

"L'acqua è lurida," osservò la giovane. "Era ora che ti lavassi. Dove sono i tuoi vestiti?" Ogni domanda era formulata con la stessa arroganza e cadenza di un uomo al comando, e per un attimo Caden ebbe voglia di ribellarsi. Nemmeno quando era bambino qualcuno gli si era rivolto in maniera tanto dispotica. Ma a onor del vero gli si stavano gelando le dita dei piedi e detestava pensare a quanto dovesse essersi ristretto il suo attrezzo. "In anticamera," borbottò. "Nella mia cassapanca." La congedò con un gesto, lieto di sentirla obbedire. Gli venne in mente solo allora, mentre attendeva il suo ritorno, di coprirsi il pube.

Non era tanto imbarazzato quanto a disagio all'idea di starsene nudo quando non era in grado di osservare la reazione della donna. *Perché mai avrei bisogno di vederla, poi?*

Alec era solito scherzare dicendo che Caden aveva tra le gambe il braccio di un bambino; lui, dal canto suo, non aveva mai avuto problemi con la nudità. Ma non sapeva quale delle due possibilità lo inquietasse di più: quella che Sorcha fosse giovane e bella o quella che fosse vecchia e orrenda. Per qualche ragione, quale che fosse il caso, il pensiero di restare col membro al vento lo metteva stranamente a disagio. Udì la donna frugare nell'anticamera e rientrare nella stanza, ordinandogli di uscire dal bagno. "Sei insopportabile!" esclamò.

Ma quella stramaledetta donna non parve intimidita. "Lo dici solo perché non hai mai conosciuto mia sorella."

As ucht Dé! Che pensiero terribile. Poteva davvero esistere un'altra donna fatta con quello stampo? Dispotica e insolente? Caden non era abituato a donne del genere.

Sentendosi ben poco buono, si tolse le mani dallo scroto, deciso a farla arrossire come un sedere sculacciato. Perdio, quello era un ambito in cui non era certo carente, e se le sue braccia e le sue gambe erano robuste, il suo membro non era meno gagliardo. Sogghignando, si alzò proprio come gli aveva chiesto la giovane. L'acqua gli scivolò di dosso, ma ciò nonostante la ragazza non emise un suono, un sussulto, nessuna reazione: cosa che gli fece avvertire una strana sensazione sulle guance. I peli sottili del suo sedere si rizzarono per il turbamento.

"Fuori," ordinò la giovane. Caden rimase immobile per un lungo, imbarazzatissimo istante, incerto sul da farsi. In verità, aveva paura che muovendosi sarebbe caduto dalla tinozza e sarebbe finito col viso spiacciato sul pavimento, il che non avrebbe fatto altro che incrementare il suo imbarazzo. Era trascorso così tanto tempo dall'ultimo bagno che aveva fatto che, entrando nella tinozza, ne aveva malgiudicato l'altezza; ora, il pensiero di fare la figura del cretino di fronte a Sorcha lo bloccava.

Non si era resa conto che lui aveva bisogno d'aiuto?

A ogni modo, Caden non intendeva chiederlo.

Brancolando, acutamente consapevole della propria nudità come non gli era mai capitato, Caden trovò l'orlo della tinozza; nel mentre, la giovane dal cuore di ghiaccio rimase in disparte e in silenzio senza fare un bel nulla. Caden scavalcò la tinozza, probabilmente esponendo il membro, cosa che non lo rese per niente felice. Poi, proprio quando era sul punto di scoppiare, la donna lo avvolse con un asciugamano caldo, sconvolgendolo con la sensazione di morbidezza e di giustezza che esso gli diede.

Perdio, lo aveva scaldato vicino al braciere?

Un tempo lui era stato solito fare la stessa cosa, ma mai aveva chiesto ad altri di farlo. Non voleva costringere nessuno a fornirgli quel piccolo lusso. Ciò nonostante, la ragazza aveva avuto la premura di pensarci. A proposito, anche le sue braccia erano calde... e sentirsele attorno così all'improvviso gli provocò uno sgradevole bruciore agli occhi. Come un ragazzino, premette il viso contro il panno caldo, fingendo di volersi semplicemente asciugare.

Da vicino, Sorcha profumava di... sole... e qualcos'altro... qualcosa di non immediatamente discernibile. Poi, mentre lei gli fregava l'asciugamano addosso, Caden scoprì che non era poi tanto piccola; certo, non arrivava alla sua altezza, ma poco ci mancava. Caden avvertì il desiderio di allungare le mani e percorrere i contorni del suo viso, di verificare se la pelle di lei era gradevole quanto il suo profumo.

Il seno di Sorcha – alto, sodo e rotondo – sfregò contro il suo petto mentre lei lo asciugava e la reazione fisica di Caden fu immediata. Vergognandosi, si allontanò dal suo abbraccio, non essendo del tutto sicuro di apprezzare la vigorosa reazione del suo 'soldatino' di fronte a un'anziana matrona.

Era infatti impossibile che una giovane donna padroneggiasse a un tale livello gli intricati piaceri di un bagno *Doveva* essere anziana ed esperta. Peccato. E tuttavia...

"Attenzione, ora," disse lei, cercando di togliergli di dosso l'asciugamano.

Caden si oppose. "No, donna." Le strappò di mano l'asciugamano. "Posso fare da solo."

"Molto bene," disse lei, arrendendosi. Fece un passo indietro e il suo profumo svanì. Caden avvertì un acuto senso di perdita, come se gli avessero amputato un arto.

Udì la donna uscire dalla stanza, un rumore di passi rapidi e leggeri, e colse l'occasione per attraversare la stanza e sedersi sul letto, sistemandosi addosso l'asciugamano umido e fermandolo attorno alle spalle robuste. Spalle coperte di cicatrici. Sorcha le aveva notate? Vederlo l'aveva lasciata disgustata? Era quella la ragione per cui non pareva minimamente colpita da lui? Quante cicatrici aveva dopo quella battaglia sulla collina? *Molte più di quante Davino avrebbe mai avuto la possibilità di guadagnare.*

Datti una raddrizzata, ordinò a se stesso. *Sii un uomo!* Ora come ora, era un peso per tutti. Sangue di Giuda, non riusciva nemmeno più a lavarsi da solo.

Né Sorcha pareva considerarlo un bell'uomo, quanto piuttosto un *eegit* con il buon senso di una vacca.

E tuttavia, il primo giorno, gli aveva detto di trovarlo attraente. Era un ricordo piacevole.

In preda a emozioni contrastanti e confuse, Caden era ancora seduto quando Sorcha tornò con la sua tunica tra le mani. Il tessuto aveva il suo odore, ma lui non sapeva quale tunica la giovane avesse scelto. Quella verde non gli stava per nulla bene; quella azzurra era troppo lisa; e quella rossa era sbiadita. D'altro canto, la scelta non era poi tanto grande, e perché mai avrebbe dovuto importargliene qualcosa? Non era certo un Sassenach dai forzieri pieni di seta. Rònaigh aveva ben poche tessitrici e la lana era scarsa. La maggior parte di ciò che indossava gli era stato donato o era stato acquistato durante i suoi viaggi all'Isola di Skye.

Solo in un'occasione, da ragazzino, Caden aveva viaggiato con suo padre fino al cuore della Scotia. In quell'occasione, suo padre aveva definito il signore del luogo un *tailard:* un Sassenach, dei quali si diceva avessero la coda come il diavolo. *E perché?* Solo perché la moglie del *laird* era venuta a fargli il bagno, il che costituiva un insulto non solo perché significava affermare tacitamente che suo padre puzzasse, ma soprattutto perché fare il bagno a un *laird* era un'usanza inglese alla quale nessuna scozzese che avesse rispetto di se stessa si sarebbe mai piegata. Le donne del loro clan avevano cose ben più importanti da fare – come prendersi cura dei figli e mandare avanti le cucine – e ciò nonostante, Caden se ne stava lì seduto a lasciare che Sorcha lo muovesse in qualunque posizione da lei desiderata, proprio come un dannatissimo bambino.

Grugnì per lo scontento.

"Ecco fatto," disse la donna con il sorriso nella voce. "Ripulito non sei poi così male, Caden Mac Swein."

Caden avvertì un nuovo movimento all'altezza del suo inguine. Perdiana, doveva proprio accadere ogni volta che quella donna gli rivolgeva la parola? Era una faccenda dannatamente scomoda.

"Grazie," disse con un certo qual risentimento, grato del fatto di avere finalmente la tunica addosso, in modo da potersela calare fino alle ginocchia. "Ma tu non hai alcun dovere di servirmi, ragazza. Su quest'isola non ci sono più schiavi da tempo immemorabile."

"Non importa," ribatté lei in tono fin troppo dolce. "Ho fatto un patto e intendo mantenere la parola. In un modo o nell'altro, Caden Mac Swein, farò del mio meglio per aiutarti; e per Calendimaggio, ossia fra tre settimane, me ne sarò andata."

Andata?

E dove diavolo voleva andarsene?

Erano nel bel mezzo del mare del Nord.

Era trascorso troppo tempo dall'ultima volta in cui era stato tanto vicino a una ragazza dal profumo così gradevole. "So come mi chiamo, donna. Non serve che lo ripeti ogni volta. Dove sono i miei stivali?" esclamò bruscamente.

Senza dire una parola, Sorcha gli diede una spinta che lo rimandò sul letto; poi si inginocchiò e gli infilò le scarpe, al che Caden ebbe il pensiero malandrino delle labbra di lei che si posavano su un punto da cui avrebbero dovuto stare ben lontane. Il suo membro si mosse nuovamente, anche se lui lo ignorò testardamente. "Di che patto stavi parlando?"

"Sono una guaritrice," rispose lei. "Dammi l'altro piede; inizieremo con una passeggiata.

"Per amor di Dio, non sono mica un cane!"

La donna rise, non esattamente la reazione che Caden si sarebbe aspettato. Che diamine, doveva avere una dozzina di fratelli bizzosi per non essere rimasta offesa dal suo modo di fare. Quando lui parlava, tutti tranne Alec sembravano tremare. Ma poi, finalmente, Sorcha si allontanò. E con sollievo – e dispiacere – di Caden, lo lasciò di nuovo lì, seduto sul letto, ad aspettare…

L'ultima cosa di cui Caden Mac Swein aveva bisogno era compatirsi.

Sorcha aveva udito nel suo tono di voce un'auto-commiserazione sufficiente a un intero villaggio di lebbrosi. Il suo unico obiettivo era far capire all'uomo che la cecità era un ostacolo solo fino al punto in cui lui lo rendeva tale. Dopotutto, Constance aveva imparato a svolgere quasi tutti i compiti a lei assegnati e altri ancora.

Era un genere di cecità davvero bizzarro, quello. Né Caden né Constance mostravano segni di lesioni nei pressi degli occhi. Certo, Caden era coperto di cicatrici, ma il suo volto era perfetto. Sorcha ci pensò su…

Era quasi come se entrambi avessero visto qualcosa che avrebbero preferito non vedere, o che non avrebbero dovuto vedere.

Nel caso di Constance, l'oggetto in questione era la pietra sacra che la gente di Sorcha aveva nascosto nella Valle, una reliquia sulla quale nessun uomo o donna che non fosse un Guardiano aveva posato lo sguardo per quasi trecento anni. A volte, Sorcha pensava che gli dei del cielo – e in particolare Taranis, che comandava tuoni e fulmini – avessero accecato Constance per punirla. Ma nel caso di Caden, i suoi occhi non avevano visto qualcosa di proibito, ma qualcosa che nessun uomo avrebbe mai voluto vedere; e se quella cecità fosse stata una punizione inflitta non dagli dei, ma da lui stesso?

In tal caso, poteva darsi che restituirgli la vista fosse solo questione di restituirgli la voglia di vivere. La *ruagaire deamhan* avrebbe placato la sua ira e gli avrebbe restituito la pace.

Attese che Caden si rendesse conto che lei non sarebbe tornata. Voleva che venisse di sua spontanea iniziativa, principalmente perché, se si fosse rifiutato, lei non avrebbe certo potuto trasportarlo di peso. Si mise a fischiettare in modo da farsi sentire… e far capire che lo stava aspettando.

Prima di salire le scale, Sorcha aveva implorato Alec e Bess di preparare la sala grande, sistemando i tavoli e allestendo un lauto banchetto. Era il minimo che potessero fare dopo averla costretta a deviare dal suo percorso. Sorcha aveva una gran voglia di affondare i denti in un bel boccone… oltre che in quell'uomo insopportabile. Era da oltre una *sennight* che non mangiava un pasto decente. Ma quella non era l'unica ragione. Comprendeva come quelle persone stessero facendo economia nella speranza di riuscire ad arrangiarsi fino alla festa, ma era importante che Caden si rendesse conto che la vita sarebbe andata avanti. Un po' di normalità lo avrebbe spinto a vedere con occhi diversi la propria misera condizione. Fin troppo consapevole del fatto che l'uomo fosse ancora seduto sul letto, Sorcha attese in cima alle scale; non era crudele al punto da lasciarlo alla mercé dei gradini. Sarebbe bastato un passo falso perché persino un testone come Caden Mac Swein si fracassasse il cranio.

Caden Mac Swein.

Swein del Nord.

Si chiese se ci fosse un legame tra i due. Il vichingo era un famoso personaggio del passato, un potente conquistatore che aveva sposato una figlia del re dell'Éire. Sorcha conosceva bene la storia, da Una ritenuta di grande importanza. "Chi non impara dagli errori del passato," aveva detto l'anziana, "è destinato a ripeterli." Ora, ripensando alle parole della sua mentore, Sorcha pensò all'uomo che l'aveva generata. Certe persone, pur conoscendo il passato, facevano di tutto per ripeterlo. Il suo stesso padre aveva deciso di commettere lo stesso genere di tradimento di cui si era macchiato MacAilpín. Era venuto a Dubhtolargg con l'intento di uccidere il *laird* e… *Non pensarci più. Hai un compito da svolgere.*

Sorcha fischiò più forte; poi, proprio quando cominciò a temere che l'uomo fosse tornato a dormire – la sua testardaggine le era già ben chiara – ebbe il bene di vederlo apparire sulla soglia dell'anticamera.

Ma, perdiana! Quella era una visione a cui era del tutto impreparata.

Fino a quel momento non si era presa veramente il tempo di *guardarlo*. E ora eccolo lì, altissimo, coi capelli dorati brillanti e puliti. Il suo volto era quello di un dio vichingo. Le sue braccia e le sue gambe erano forti e robuste, testimonianza del genere di vita che aveva condotto prima dell'"incidente': era infatti palese che si trattasse di un uomo abituato alla fatica. Sorcha deglutì, sentendosi improvvisamente timida, rendendosi conto che, a volte, i ciechi non erano gli unici a non vedere…

"Eccoti, finalmente," disse timidamente. "Speravo proprio che qualcuno mi accompagnasse a mangiare."

"Mangiare?" chiese l'uomo in tono sorpreso. Quella semplice domanda e l'espressione del suo viso fecero capire a Sorcha che non solo lui, ma anche il resto dei suoi consanguinei avevano sospeso le normali attività di casa. Possibile che quella gente non capisse che mangiare insieme era fondamentale per creare un senso di comunità? Suo fratello non avrebbe *mai*, per nessuna ragione, abolito quella cerimonia. Sorcha ricordava numerose occasioni in cui, in famiglia, erano stati pronti a saltarsi alla gola, ma avevano sospeso le ostilità al momento di recarsi a mangiare. Aidan non avrebbe accettato nulla di diverso.

Non appena fosse rimasta sola per un momento con Alec, gliene avrebbe dette quattro. Come poteva Caden trovare la forza di volontà per vivere se persino i suoi consanguinei lo avevano messo da parte?

"Sì, credo ci sia del merluzzo," lo allettò Sorcha, osservando l'emozione sul volto di Caden: un'espressione di piacere bambinesco diversa da qualunque altra lei avesse mai visto. "Alec ha detto di aver fatto uscire i pescatori proprio questa mattina. Dovrebbero esserci anche del cavolo e del pane," aggiunse.

Il sorriso svanì dal volto di Caden. "Non quello di Bessie, spero," disse. Sorcha non riuscì a trattenersi: scoppiò a ridere. Solo dopo essersi ricomposta disse: "Non temere, Caden Mac Swein. Prenderò il tuo pezzo quando lei non guarda e lo darò ai cani."

L'uomo assunse un'espressione molto seria. "Non teniamo i cani in casa," disse.

Sorcha ridacchiò. "Beh, in tal caso lo darò ad Alec. Ho come l'impressione che non sia l'unica cosa di Bessie che vorrebbe addentare."

Con grande sorpresa di Sorcha, Caden esplose in una risata; poi, scuotendo la testa, l'uomo iniziò ad attraversare la stanza, diretto verso di lei. Sorcha trattenne il respiro.

· · ·

Era bello ridere.

Due volte, oggi.

Camminando lentamente, Caden attraversò la stanza, sorpreso di constatare che tutti gli ostacoli erano stati rimossi. Aggrottò la fronte. Quando Moira puliva, finiva sempre con lo spostare tutto e, per quanto lui sapesse che la donna non aveva cattive intenzioni, spesso finiva con lo sbattere dappertutto e procurarsi ulteriori limiti.

Il cuore gli batteva all'impazzata mentre attraversava l'anticamera; era difficile respirare, per il semplice fatto che rischiava di cadere. Poi il suo cuore fece un balzo quando sentì il profumo di Sorcha, che doveva essere vicina.

"Accidenti," esclamò quando le andò a sbattere contro. Sorcha lo afferrò per un braccio per sostenerlo, dopodiché lo lasciò andare immediatamente. Che Dio l'aiutasse, Caden si sentiva come un ragazzino col suo primo amore... ma che senso aveva, considerato che non conosceva per nulla quella ragazza? Sapeva solo che amava il suono della sua voce e il profumo dei suoi capelli. Protese il viso in cerca del suo magnifico profumo. Era completamente diverso da ogni altro che avesse mai sentito... come polline e fiori. Un profumo che, ogni volta, rischiava di essere la sua rovina.

"Sta' attento; le scale sono ripide."

"Le conosco meglio di te."

"In ogni caso, scendo prima io," disse Sorcha nel suo consueto tono di voce autoritario. "Poi, quando arriveremo in fondo, prenderai il mio braccio."

Per quanto fastidiosa fosse, Caden cominciava ad abituarsi alla giovane. Rispose sorridendo: "Così, se cado, ci romperemo entrambi il collo."

La giovane rise piano, un suono musicale che provocò una nuova contrazione nei lombi di Caden. "Non temere," disse. "Non sono una donnetta fragile."

As ucht Dé! Caden fu colto da un'improvvisa visione di membra intrecciate in un amplesso passionale. Il suo corpo non reagiva in quel modo alla presenza di una ragazza da quando aveva smesso di essere un giovane vergine.

IL VISO RIVOLTO ALL'UOMO, SORCHA SCESE CON CAUTELA il gradino e attese che Caden facesse lo stesso; poi si spostò a quello successivo. Fu così che scesero l'intera scala, un cauto passo alla volta, con Sorcha sempre un gradino più in basso rispetto all'uomo che teneva saldamente per le braccia. Se la stavano cavando bene, e lei era decisamente compiaciuta dai loro progressi, quando all'improvviso la sua scarpa sinistra smosse una pietra poco salda e lei barcollò all'indietro. Con sua totale sorpresa, Caden l'afferrò per un braccio, evitando che cadesse.

Sorcha rimase di sasso. Non sapeva cosa la stupisse di più: l'aver perso l'equilibrio nonostante la cautela o il fatto che lui avesse *saputo* di dover allungare la mano per afferrarla.

All'improvviso comprese la natura del male che affliggeva Caden: l'uomo *poteva* vedere. Semplicemente, non desiderava farlo. O meglio: una parte di lui non gli permetteva di prendere atto di ciò che vedevano i suoi occhi. Chiaramente aveva capito di doverla afferrare perché l'aveva *vista* cadere, non perché lei avesse gridato, cosa che non aveva avuto il tempo di fare.

Il suo cuore sobbalzò quando lui se la strinse al petto e lei, un po' scossa, premette la guancia contro la sua tunica, colta alla sprovvista dalle sensazioni piacevoli che l'assalirono quando lui la strinse tra le braccia. "Sta' attenta," disse in tono fin troppo compiaciuto. "Le scale sono ripide."

La stava per caso prendendo in giro?

Sorcha sorrise. "A quanto pare."

"Te l'avevo detto, io," disse l'uomo, senza smettere di stringerla a sé. "È per questo che scendo di rado. Dunrònaigh Keep è stato costruito più di cinquecento anni fa e dalla cima della torre a terra ci sono più di cento gradini."

Dunque la gente di Dunrònaigh aveva fatto lo sforzo di rapire Sorcha e portarla fin lì, ma non aveva mai pensato di aiutare il proprio *laird* a scendere le scale? *Che imbecilli.*

Si svincolò dall'abbraccio. "Tutto qui?" scherzò, per poi riprendere la discesa tenendo Caden per mano. "Non temere: la fortuna aiuta gli audaci."

Avvertì il sorriso nel tono di voce dell'uomo. "E cosa mi donerà la fortuna per la mia audacia?" chiese con voce roca e profonda. Un brivido percorse la spina dorsale di Sorcha.

"Vedremo, mio *laird,*" disse leziosamente. "Vedremo."

Il profumo di un pasto caldo fece sì che il suo ventre la invitasse ad affrettarsi; ma Sorcha fece con calma, guidando Caden un passo alla volta.

CAPITOLO DIECI

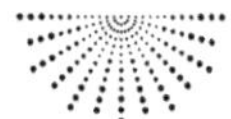

Sorcha era introvabile.

Dopo aver setacciato ogni palmo delle Highlands ed essersi spinti anche oltre, Aidan, Keane e Jaime Steorling si incontrarono in una piccola locanda nei pressi del villaggio di Lochinver per condividere le informazioni che avevano scoperto. Jaime era un uomo del Re, marito della loro sorella Lael, e più di una persona sosteneva che fosse stato proprio lui a tirarla giù dal patibolo. Se c'era una persona a cui il Re prestava orecchio, quella persona era Jaime; inoltre, era lui quello che sapeva sempre tutto prima degli altri. Diverse testimonianze parlavano di una ragazza che corrispondeva alla descrizione di Sorcha e che era stata avvistata nei pressi del porto, in cerca di un passaggio per l'Isola di Skye. Stando al capitano di porto, il proprietario di una nave aveva accettato di portarcela in cambio del suo cavallo, ma l'imbarcazione era stata poi vista dirigersi verso nord, non verso est. La ragazza non era stata più rivista, né si erano avute sue notizie. Jaime scosse la testa. "Perché mai Sorcha vorrebbe andare all'Isola di Skye? Laggiù c'è solo il freddo."

"Chi comanda laggiù?" chiese Aidan, sapendo che,

tra tutti, Jaime lo avrebbe saputo di certo, visto che sedeva nel consiglio di re David.

"I MacLeod," rispose Jaime. "David è al culmine della pazienza. È quasi impossibile governare le isole occidentali. Se volete saperlo, per quella gente è ancora più Éiren che scozzese."

Il rumore della risata di una prostituta risuonò per il pub, attirando l'attenzione di Aidan. "Per me è impazzita."

Ignorando i preliminari che si stavano svolgendo in pubblico dall'altra parte della stanza, Keane cercò di tranquillizzare il fratello. "Sorcha è perfettamente sana di mente, anche se ha un pessimo carattere. No, *deve* esserci un motivo."

"D'accordo, ma quale può essere?"

Keane si strinse nelle spalle, anche se avrebbe voluto aggiungere dell'altro. Avrebbe voluto dire al *laird* suo fratello ciò che sospettava di Una, ma sapeva che la reazione sarebbe stata scettica. Dopotutto, pareva impossibile che Una fosse sopravvissuta al crollo della montagna. Soprattutto, Jaime Steorling non aveva idea di quali segreti fossero stati conservati laggiù. La vera Pietra del Destino *non* era custodita a Scone: era sepolta una lega sotto la loro montagna, assieme a Una e alla sua grotta. Ma, per quanto Lael si fidasse del marito, aveva certamente mantenuto la parola data ai parenti, tenendo per sé la conoscenza della reliquia custodita laggiù per anni. Ciò nonostante, Keane aveva un presentimento che non riusciva a scrollarsi di dosso. Aveva imparato a conoscere bene Sorcha durante le sue recenti visite ad Ailginshire e detestava ammettere che gli ci erano volute tutte quelle recenti visite a Dunràth per conoscere meglio sua sorella. Sorcha era sempre stata una persona buona, gentile e sempre pronta a dare una mano. Non aveva mai parlato male di nessuno, ma le occasioni in cui loro due avevano conversato in precedenza si potevano contare sulle dita di una mano. Era ridicolo. Ciò lo aveva spinto a riconsiderare i suoi rapporti con tutte le sue sorelle, non solo con Sorcha. Ora che tutte loro avevano lasciato la Valle per vivere le loro vite, nulla sarebbe stato più lo stesso. E pensare che avevano dato così tante cose per scontate e che quei giorni antichi sarebbero stati presto dimenticati mentre le donne avevano e crescevano figli loro. Un tempo, lui e Cailin erano stati molto legati, ma erano anni che lui non la vedeva. Per quanto riguardava Sorcha, Keane aveva sperato grandemente che si sarebbe interessata a Graeme e che i due si sarebbero stabiliti a Dunràth. Ma, con sua grande sorpresa, sua sorella non era venuta a Dunràth dopo aver lasciato la Valle. Lui non capiva esattamente il perché; o meglio, lo capiva, ma non era in grado di spiegarlo... non di fronte a Jaime. Keane aveva incontrato non meno di venti pellegrini diretti a Rònaigh e aveva il forte sospetto che avrebbero fatto bene a dirigersi laggiù. "Beh," disse, escludendo per il momento Una dalla spiegazione. "Ho idea che stia seguendo quella stella."

Jaime fece una smorfia. "Come quegli altri?"

"Sì."

Aidan si accigliò. "Credi che sia arrabbiata al punto da accettare la proposta di un corteggiatore senza nemmeno parlarne con me?"

Sembrava che, ora maturo, Aidan si incolpasse per tutti gli screzi avvenuti nel corso degli anni. Keane si rese conto che era ferito nell'orgoglio.

"Arrabbiata lo è di sicuro, Aidan. E sono convinto che non voglia farsi trovare. Ma no, non riesco a vedere la nostra sorellina che accetta la proposta del primo che incontra. Per non parlare del fatto che ne comprenderebbe benissimo le implicazioni politiche, soprattutto ora che David è così deciso a unire i clan. Furiosa o meno, Sorcha non darebbe vita a un'alleanza senza il tuo consenso. Né rivelerebbe così facilmente le proprie origini o l'esistenza della Valle. Quale uomo, dunque, si impegnerebbe tanto facilmente pur essendo all'oscuro di tutto?"

"Sangue di Cristo! Tu non hai idea di quanto sia bella tua sorella," gli fece notare Jaime. "Non c'è un sol uomo in tutta la Cristianità, giovane o vecchio, che non vorrebbe prenderla in moglie; e se non in moglie–"

Aidan rivolse un'occhiata omicida al cognato. "Non dirlo," gli intimò. "Mia sorella non diventerà la puttana di nessuno." Guardò nuovamente la prostituta dall'altra parte della stanza, il volto atteggiato a un'espressione di disgusto.

Keane incrociò le braccia e attese che suo fratello gli restituisse lo sguardo. "La verità, Aidan, è che potremmo aver perso ogni voce in capitolo sul futuro di Sorcha assieme alla sua lealtà. Faresti meglio a sperare che non sia Padruig quello a cui è fedele, ora."

"No. Quel bastardo la sta ancora cercando," disse Jaime.

"Ma per quanto?" chiese Aidan. "Prima o poi la troverà."

Jaime annuì. "Questo è sicuro. Di certo scoprirà celermente quello che abbiamo appreso anche noi. La voce ha avuto inizio da qualche parte, ma ora che si è diffusa, tutto l'oro di Scotia non basterebbe a zittirla."

"Beh, in tal caso faremmo meglio a darci una mossa e ad andare a Rònaigh," suggerì Keane.

Aidan si alzò. "Hai ragione," gli disse. "Tu," ordinò, come se nulla fosse cambiato tra loro, come se Keane stesso non fosse diventato a sua volta *laird*. "Vieni con me." Si rivolse poi a Jaime e Kaine si rilassò un poco nell'udire suo fratello parlare in maniera molto simile al cognato. "E tu," disse con autorevolezza regale. "Fa' sapere a David che ci siamo imbarcati verso ovest."

David, non 're' David, nonostante il fatto che Aidan

stesse prendendo in considerazione l'idea di seguirlo in battaglia. La breve era di pace che David aveva ottenuto in Northumbria tramite la diplomazia stava giungendo al termine e, finalmente, Aidan aveva iniziato a vedere i benefici che avrebbe tratto allineandosi alla Corona. Ma inginocchiarsi di fronte a David era una faccenda completamente diversa.

Keane e Jaime si alzarono; Jaime prese i guanti di maglia che aveva appoggiato sul tavolo e se li infilò sulle mani invecchiate e coperte di cicatrici. Diversamente da Aidan, che non amava la politica e la guerra, il Macellaio di re David ne aveva viste parecchie. Keane lo abbracciò un'ultima volta e gli diede una sonora pacca sulla schiena. "Buona fortuna, amico mio," disse. "Fino a quando ci rincontreremo."

"Buona fortuna," rispose Jaime.

"Che la strada ti venga incontro," disse Aidan mentre lasciavano la locanda e si dividevano.

Sorcha era arrivata da soli due giorni, ma Dunrònaigh Keep si stava già abituando a una nuova routine, con il *laird* ora fuori dal suo letto di malattia.

Poco alla volta, Caden Mac Swein stava tornando quello di un tempo… o così pareva pensare Alec. Di certo l'uomo era molto più sicuro di sé e, sempre più spesso, invece di rifugiarsi a letto con una pinta di birra, si sedeva sul suo trono di *laird* e giudicava i litigi della sua gente. Riusciva a muoversi molto meglio col suo nuovo bastone, un dono del suo siniscalco: un anziano di nome Afric. Ma Sorcha notò che impugnava il bastone come un'arma quando non lo stava usando per tastare il terreno di fronte a sé. Gli insegnò ad ascoltare, non solo a sentire, e a vedere il mondo con le dita. Trascorrevano insieme intere giornate, tranne quando

Sorcha lavorava alle sue tinture. E a volte passeggiavano per i prati mentre Sorcha cercava le sue erbe, e lei doveva prenderlo per un braccio e controllare dove sventolava il bastone. "No!" gridava ogni pochi metri, quando l'uomo abbatteva le piante che lei avrebbe voluto raccogliere.

Perdiana, nemmeno nel suo giardino a Dubhtolargg, dove aveva coltivato scientemente numerose erbe, c'era una tale abbondanza. Oltre alla *ruagaire deamhan*, al millefoglio, al cardo mariano e al partenio, Sorcha trovò lavanda, camomilla, menta e marrubio. Avrebbe avuto la sacca piena al momento di lasciare l'isola. Per quanto riguardava Caden, beh… le piaceva molto. Era divertente, autoironico e gentile. I bambini lo amavano e così i suoi consanguinei. A volte Sorcha si scopriva a sognare come sarebbe stato vivere lì per sempre…

Un pomeriggio, mentre Caden se ne stava sdraiato in mezzo all'erba a prendere il sole, Sorcha gli si sedette accanto a guardare Liusaidh e Diabhal che correvano. Aveva appena finito di massaggiarli braccia e gambe – Caden aveva detto che gli dolevano da quando era diventato cieco – e si fermò a raccogliere una margherita, da cui iniziò a staccare i petali. "Gli piaccio," disse prima di staccarne uno. "Non gli piaccio."

Caden si accigliò e, passatosi un braccio dietro la testa, chiuse gli occhi e si rilassò per un istante. Quindi chiese: "Dimmi un po', chi sarebbe costui?"

"Un uomo," disse leziosamente Sorcha. "Un uomo che non sa quanto sia adorato." Si chiese se egli si rendesse conto che stava parlando di lui. Ogni volta che rimaneva sola per un attimo, la gente di Caden la tempestava di domande. *Tornerà a vedere? Com'è di umore? Sa che hai lasciato libero Diabhal? Puoi riferirgli una cosa?* Ma la sua preferita era: *Di' a Caden di sbrigarsi a guarire, perché Alec è un coglione.*

"Se costui non sa di essere amato, di chi è la colpa?"

"Ah, ora capisco," ammise Sorcha. "Hai ragione." Annuì saggiamente. "Ma del resto, quest'uomo è un gran testone." Avrebbe potuto dire 'cieco', parlando per metafora, ma sarebbe stata troppo esplicita e di sicuro Caden avrebbe frainteso.

Non solo Caden Mac Swein aveva perso la vista, ma anche la consapevolezza delle proprie qualità. Si concentrava troppo su ciò che aveva perso. E Sorcha era sicura che, quando lei civettava con lui, egli non se ne accorgeva nemmeno.

"Dunque avevi un uomo da dove vieni?" insistette l'uomo. Il suo bel volto era teso, le labbra serrate.

"Sì, ecco… diciamo che c'era qualcuno," ammise Sorcha, anche se non era esattamente vero. Graeme era stato solo un amico con cui civettava di tanto in tanto. Non erano mai rimasti da soli assieme e, in verità, anche se egli aveva un debole per Sorcha, spesso lei aveva avuto l'impressione che tutto il male che aveva subito gli avesse raffreddato il cuore. Il fratello di Lianae era stato catturato e rinchiuso in una cella umida e puzzolente per anni, fino a quando Lianae non l'aveva liberato. In quella cella, Graeme aveva visto morire il fratello minore, aveva patito il ricordo dei cari perduti – la madre, il padre, una sorella – e, ultimo colpo, aveva visto suo fratello giurare fedeltà al nuovo conte di Moray.

"È lo stesso di cui parlavi un attimo fa?"

Sorcha non rispose.

Qualunque sentimento avesse provato per il fratello di Lianae *non* era lo stesso che cominciava a provare per Caden. Graeme le aveva dato più confidenza, ma non le aveva mai fatto battere il cuore forte come Caden.

Sdraiato supino sull'erba, con le sue guance rosee, Caden Mac Swain era completamente diverso da qualunque altro uomo Sorcha avesse mai conosciuto. Era l'esatto contrario dei suoi fratelli: persino la sua carnagione era diversa. Ma era bellissimo, con la mascella forte e il naso leggermente troppo largo, ma che si adattava bene al suo viso.

Poi Caden chiese in tono acido: "Lo massaggiavi come fai con me?"

Sorcha ebbe un sussulto. Quella domanda era tanto fastidiosa quanto sorprendente. Come se lei andasse in giro a *massaggiare* uomini sconosciuti… Ma il dubbio era comprensibile, dato che Caden non aveva idea di come lei fosse solita comportarsi. "Caden Mac Swein, quello è un trattamento puramente medico!"

E tuttavia, nonostante fosse irritata, l'espressione sul volto dell'uomo era talmente ridicola che Sorcha fu costretta a ridere. Ma Caden reagì in modo inaspettato: si alzò di scatto e si chinò per cercare il bastone, imprecando quando fu lei a porgerglielo. "In tal caso, dovresti tornartene da dove sei venuta," disse, per poi allontanarsi a grandi passi sventolando il bastone in mezzo all'erba. Sorcha fece una smorfia quando decapitò una margherita. "Non ho bisogno della tua compassione o del tuo aiuto!" disse mentre se ne andava. Sorcha non aveva idea di cosa lo avesse fatto arrabbiare. Un attimo prima si stavano godendo il sole insieme; quello dopo, Caden si comportava come un bambino viziato e si metteva a usare violenza a dei poveri vegetali.

Nella speranza che il tempo lo aiutasse a sbollire la rabbia, Sorcha lo evitò per il resto della giornata. Il mattino dopo, lo scoppio d'ira era acqua passata… almeno per lei. Resa entusiasta dal fatto che i boccioli di *ruagaire deamhan* fossero secchi e pronti, iniziò la preparazione dei medicinali. Dopo aver messo alcuni fiori in dei vasi, riempì ciascun contenitore con due parti di acqua e una di *vin aigre*: aveva infatti bisogno di un composto acidulo per estrarre le proprietà medicinali della pianta.

Una volta riempiti i vasi, avrebbe voluto portarli fuori e lasciarli a cuocere sotto il sole, ma non poteva fare il lavoro da sola, per cui andò in cerca di Caden. Lo trovò nella sala grande che ordinava di spazzare via i giunchi e lo osservò fare affidamento sull'olfatto, con un certo orgoglio nonostante egli fosse di pessimo umore.

"Questi giunchi andavano cambiati mesi fa," disse l'uomo a Moira. "Se tu sei troppo vecchia per spazzare, di' a tua figlia di farlo." La donna non si mosse e Caden dovette accorgersene grazie all'udito, perché esclamò: "Subito!"

"Sì, *laird!*" rispose Moira, per poi affrettarsi a obbedire.

"Aspetta," disse Caden, fermandola. "Cos'è questo odore?"

"È il pesce di ieri sera, signore."

"*As ucht Dé!* Come fate voialtri a sopportare questo puzzo? Fa' pulire i tavoli. In caso contrario, rimarremo *tutti* senza cena e toccherà a te dirlo ai bambini."

"Sì, *laird,*" disse la donna per poi allontanarsi.

Per mesi quella gente era stata lasciata sola, senza una guida. Sorcha sapeva per esperienza che, per quanto leale fosse un popolo, esso non sarebbe andato oltre ciò che ci si aspettava. E troppo a lungo Caden Mac Swein non si era aspettato nulla da loro. Tuttavia, era decisamente sgradevole vederlo tanto amareggiato… e per cosa, poi? Sorcha aveva voluto solo fargli un complimento. Nella speranza di riuscire a comunicare con lui, attraversò la sala e si stupì dei cambiamenti che erano in corso. A quel ritmo, l'intera fortezza sarebbe stata liberata dalle ragnatele e spazzata completamente prima della festa di Calendimaggio. Tutte le ante erano state rimosse e le finestre erano aperte per lasciar entrare la brezza.

All'esterno, il sole era caldo; sarebbe stato difficile

credere che il mare fosse ancora burrascoso. Guardando le acque agitate dall'alto della torre, Sorcha aveva pensato che era un bene che l'avessero addormentata durante il viaggio. Non credeva che lo avrebbe trovato piacevole, altrimenti. E più tempo passava, meno era ansiosa di riprenderlo, anche se per ragioni che nulla avevano a che vedere col mare.

In quel momento, tuttavia, simili pensieri non avevano la minima importanza. Aveva bisogno che Caden l'aiutasse a sollevare e trasportare i vasi e, cieco o meno, voleva che fosse lui ad aiutarla. "Mio *laird*, un momento," chiese.

Caden incrociò le braccia e si voltò in direzione della sua voce. "Perché? Ti sei già annoiata del tuo lavoro?"

Sorcha arrossì, lieta che lui non potesse vederla. "No. Ma ho bisogno di un uomo forte che mi aiuti a sollevare i miei vasi e a portarli fuori."

"Sì, beh, chiedilo a quello che hai lasciato a casa," disse scontroso Caden. Sorcha si rese di colpo conto che doveva essere geloso. Eccolo lì, davanti ai suoi occhi, con le braccia incrociate e il petto in fuori, come se gli avessero infilato un riccio nel posteriore. Ciò nonostante, Sorcha aveva il coraggio di prenderlo per mano – era infatti impossibile prendersi cura di un uomo senza toccarlo – e ora, dopo averlo aiutato a lavarsi, vestirsi e a volte a mangiare, si allungò verso di lui con la serenità di una madre col suo bambino, sebbene Caden fosse tutto tranne che minuto. Ma questa volta l'uomo rifiutò il contatto e, ancora una volta, incrociò le braccia. "Che pagamento mi offri in cambio del mio aiuto? Stando a quanto mi dicono, la tua sciocca giumenta è già mia."

Sorcha si acigliò. "La mia giumenta *non* è tua!" obiettò; poi incrociò a sua volta le braccia, perfettamente consapevole del fatto che i servi si stavano radunando a guardarli. Bess e Alec erano insieme; i volti vicini l'uno all'altro, li guardavano da dietro un angolo. "Liusaidh appartiene a me," esclamò decisa. "E quando me ne andrò, la porterò con me." Poi aggiunse, a voce un po' più alta per essere certa che Alec udisse: "Nel caso te ne fossi dimenticato, il tuo capitano non mi ha portata dove avrebbe dovuto! Sono qui solo perché mi hanno rapita e implorata di occuparmi di te, razza di ingrato!"

"Ma davvero?" chiese Caden in tono duro. "E dimmi, Sorcha: dato che hai avuto la bella pensata di lasciare la *tua giumenta* libera assieme al *mio* Diabhal, cosa accadrà se lei dovesse rimanere incinta? Metterai a rischio la sua vita e quella del puledro sul mare in tempesta?"

Sorcha rimase di sasso. Non ci aveva pensato, dato che non aveva intenzione di rimanere a lungo. La maggior parte dei cavalli, come le persone, impiegavano parecchio tempo per affezionarsi gli uni agli altri. Nella Valle c'erano dei cavalli che avevano vissuto insieme per anni prima che accadesse qualcosa; e Sorcha intendeva andarsene molto prima.

Tuttavia, ora che Caden aveva sollevato l'argomento, lei iniziò a preoccuparsi, perché se davvero i cavalli erano come le persone... inspiegabilmente, lei aveva già iniziando ad affezionarsi a quel gigantesco *eegit* che aveva di fronte. Esitò, incerta su come rispondere. Se Liusaidh fosse rimasta gravida, lei si sarebbe vista costretta ad abbandonarla. Ma in quel momento non riusciva a immaginare di tornare nella Valle; anzi, non aveva idea di dove sarebbe andata una volta ritrovata Una. Non ci aveva ancora pensato. E, all'improvviso, si rese conto che non aveva più una vera casa.

Caden le voltò le spalle. "Non intendo offrire i miei servigi gratuitamente."

"Che cafone," ribatté Sorcha, facendo un passo

avanti. "Mi spetterebbero solo per quello che faccio per te!"

L'uomo si voltò di scatto, gli occhi azzurri che mandavano lampi, e per uno strano e inquietante momento, Sorcha faticò a credere che non potesse vederla. "Come abbiamo già stabilito, non sono stato io a scegliere che tu mi servissi, Sorcha. È con Alec che hai contrattato, e lui potrebbe aiutarti meglio, dato che non rischia di inciampare e rompere i tuoi preziosi vasi."

"Sì, beh… io l'ho chiesto a te," ribatté Sorcha. E, per Dio, sarebbe stato Caden a farlo. Voleva fargli capire che era capace di quello e di altro. E poi, se fosse davvero inciampato, Sorcha aveva il sospetto che avrebbe ritrovato miracolosamente la vista. Era convinta che Caden *non* fosse cieco, non nel senso convenzionale del termine. E anche se si fosse spiaccicato la faccia sulla pietra, beh, un po' di umiltà non gli avrebbe fatto male."

La voce di Caden si fece più bassa e un po' più minacciosa. "Beh," disse, "in tal caso, in cambio voglio vedere il tuo viso."

Per un attimo, Sorcha fraintese. Si mise le mani sui fianchi e lo guardò storta. "Tu riesci a vedermi in faccia?"

"No, donna! Le mie mani vedranno ciò che i miei occhi non possono. Non sei forse stata proprio tu a insegnarmelo?"

Caden era stufo di immaginare.

Voleva *sapere* che aspetto avesse la sua torturatrice. Trascorreva mezza giornata in uno stato di eccitazione costante e ogni volta che quella donna gli parlava in un certo modo o gli sfiorava la mano, i suoi calzoni si tendevano… cosa che lei doveva aver notato, anche se pareva del tutto ignara dell'effetto che aveva su di lui.

Era vero che il pensiero di lei che amava un altro

uomo lo rendeva furioso. Caden aveva un pessimo carattere e, in parte, voleva che Sorcha capisse cosa gli stava facendo tutti i giorni col suo dolce profumo. Di notte, i suoi lievi gemiti erano quasi la rovina di Caden. Era impossibile dire se la giovane avesse paura... o se, nei sogni amasse un altro uomo. Quale che fosse il caso, Caden avrebbe voluto poter andare a lei, stringerla a sé e farle dimenticare tutto.

"Vuoi vedermi... con le mani?" La voce della donna suonava perplessa, come se non le fosse mai venuta in mente una cosa del genere, ma Caden non era riuscito a pensare ad altro da che lei aveva cominciato a mostrargli come vedere con le dita. Che diamine, non gli interessava contare le ammaccature su una prugna! Giorno dopo giorno, si era scoperto pentito di non aver approfittato dell'occasione quando, il primo giorno, se l'era ritrovata nel letto accanto a sé... per toccarle il viso, quantomeno.

Dannazione a quell'idiota impiccione di Alec.

Voleva baciarla tanto disperatamente che riusciva a sentire il sapore amaro del desiderio insoddisfatto. Gli lasciava la bocca calda e asciutta e lo rendeva brusco nei confronti dei servi, anche se non era con loro che ce l'aveva. Ce l'aveva più con se stesso e con la sua incapacità di pensare a qualcosa che non fosse Sorcha.

Quel primo giorno, e tutti i giorni seguenti, si era alzato del letto solo per compiacerla, e solo dopo aver sentito l'odore della sporcizia che infestava casa sua si era reso conto di quanto a lungo avesse trascurato la sua gente. Ma il motore primo di tutto era stata Sorcha... e il desiderio di Caden di compiacerla. Di sentirsi lodare. Di sentirla ridere e raccontare altre storie sui bambini, il suo cavallo, su quella donna di nome Una.

In nome di tutto ciò che era sacro, Caden aveva una mezza idea di tenersela, di rifiutare il passaggio fino all'Isola di Skye. Se le avesse dato il permesso di andarsene, non si sarebbe potuto parlare di rapimento. Dopotutto, non era stato lui a portarla lì. Ciò nonostante, non aveva alcun dovere di consentirle l'uso delle sue navi, e lei di certo non sapeva volare.

Per la prima volta in vita sua, si trovava talmente ossessionato da una donna da non riuscire nemmeno a pensare di tenerlo nei pantaloni. Era forse quello il motivo per cui voleva sapere che aspetto avesse, una volta per tutte: sperava di ritrovarsi disgustato da lei e di smettere di sognarla che giaceva sotto di lui, le gambe lunghe e snelle avvolte attorno alla sua vita. La lingua di lei, morbida e rosea, che lo invitava ad assaggiarla. Il seno abbondante e sodo in attesa spasmodica del suo tocco... Il suo membro si risvegliò nuovamente e Caden temette che sarebbe impazzito.

Dopo quel primo giorno, Sorcha si era stabilita nella sua anticamera, e ogni notte lui doveva fare uno sforzo di volontà per costringersi a restare a letto, per il proprio bene e quello di lei. Se l'avesse trovata vergine e le avesse dato il suo seme per conservarlo e farlo crescere, non avrebbe più voluto lasciarlo andare. E no, non le importava nulla di tenersi la sua dannata giumenta, ma aveva iniziato a commiserare Diabhal – e non aveva senso, lo sapeva – per la possibilità che perdesse il suo puledro, cosa che non gli piaceva per niente. In quel preciso istante, aveva il sospetto che tutti – Alec e Moira, Bessie e Afric – li stessero spiando. Oh, non poteva vederli, ma sentiva benissimo i loro odori e le loro voci che gli ridacchiavano alle spalle come tanti ragazzini.

"Vuoi *toccare* la mia faccia?" chiese nuovamente Sorcha in tono sconcertato.

"Sì, ragazza... e in cambio sposterò al sole i tuoi stupidi vasi."

"Beh," disse lei, per poi immergersi in quello che parve un silenzio meditativo. Il solo pensiero che potesse accettare cementò l'erezione di Caden. "Immagino che potrei farcela anche da sola," disse, brontolando un poco. Pareva riluttante... *ma perché?*

"Hai qualcosa da nascondere?" chiese lui in tono di sfida.

"Certo che no! Che differenza dovrebbe fare il mio aspetto, Caden Mac Swein?" Adorava il modo in cui pronunciava il suo nome: tutto assieme, come se fosse stato un titolo.

"Ciò nonostante, Sorcha..." Si rese conto di non conoscere nemmeno la sua affiliazione. "Li sposterò quanto desideri, fino a quando desideri, se mi concederai di vederti in viso per un istante."

"Solo per un istante?"

"Sì."

"Beh... in tal caso... credo... d'accordo."

Prima che lei potesse cambiare idea, Caden si fece avanti, guidato dal suono della sua voce.

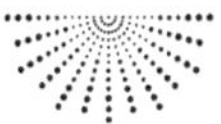

L'uomo la prese per mano, stupendola con la precisione della propria mira. Poi, dopo aver percosso il pavimento di pietra con l'estremità del bastone, la condusse senza fallo in un'alcova tra due ambienti. Lì la posò dolcemente contro il muro, la afferrò vigorosamente per le braccia e rimase immobile, dopo aver lasciato scivolare il bastone. Questo fece un gran trambusto nel cadere, ma anche se lo aveva notato, Caden non ne diede mostra. I suoi occhi azzurri fissavano intensamente il vuoto, senza mettere a fuoco nulla.

Come ci si sentiva a essere guardati da lui? Sorcha avrebbe tanto voluto conoscere il segreto dietro quegli occhi... "Beh?"

"Beh."

"Allora?"

"Un attimo."

L'attesa la stava uccidendo. Mai, in vita, sua, si era soffermata a pensare a come dovesse essere venire giudicati in base al proprio aspetto. Non era una *bampot*. Sapeva cosa stava facendo Caden e perché. Né aveva mancato di notare i suoi frequenti... momenti di eccitazione. Come avrebbe potuto non farlo? L'uomo era decisamente ben dotato. E dal canto suo, se lei non fosse stata vergine... o se non avesse avuto tanta paura di... *cosa? Lasciarlo?* Beh, in tal caso avrebbe potuto lasciare la propria stanza per quella di Caden, andare dritta al suo letto...

E poi?

Sorcha non era mai stata con un uomo, sebbene la sua gente non fosse particolarmente schizzinosa. Loro amavano dove volevano. Il fatto che non avesse ancora conosciuto un uomo indicava più che altro la sua mancanza di interesse nei confronti degli uomini che vivevano nella Valle.

In quel momento, anche se cedere al desiderio avrebbe certamente confuso la situazione, lei desiderava Caden Mac Swein con un'intensità di cui non si era mai resa conto in precedenza. E nel caso anche lui l'avesse voluta, beh... lì nasceva il dilemma.

Infastidita dal suono del suo stesso respiro affannoso, Sorcha attese impaziente che Caden si prendesse il suo 'pagamento'. Parte di lei aveva paura di ciò che l'attendeva, ma un'altra più grande aveva bisogno di restare esattamente dov'era... perché voleva disperatamente che Caden la vedesse e la trovasse attraente.

Finalmente l'uomo le si avvicinò, fino a quando lei riuscì a sentire il cuore di lui batterle contro le costole; in quel momento, anche se il respiro di Caden si fece affannoso, in armonia con il suo.

E poi, all'improvviso, lui sollevò una mano per toccarla, ma la tenne sollevata a pochi millimetri dal suo viso... così vicino che lei sentì il calore emanato dal suo palmo...

"Chi sei tu?" mormorò con fervore Caden. Sorcha si rese conto che, nonostante tutte le storielle che gli aveva raccontato, lui sapeva ben poco di lei. E tuttavia, a che sarebbe servito raccontargli dell'altro quando sarebbe stata costretta ad abbandonarlo.

La mano dell'uomo rimase dov'era... così vicina, eppure così lontana. "Sorcha... Sorcha dún Scoti," rispose. "Nata e cresciuta a Dubhtolargg."

Nell'udire quelle parole, l'uomo aggrottò la fronte in maniera bizzarra, come se stesse cercando di decifrare la sua affermazione. Ciò nonostante, non mostrandosi minimamente intimidito, appoggiò una mano sulla sua guancia e ve la lasciò per un istante... quanto bastò al cuore di Sorcha per mancare un battito.

Lei aveva indossato nuovamente il suo vestito. Sapeva che la lana era morbida. Chiuse gli occhi mentre lui passava la mano sinistra lungo il suo braccio, increspando il tessuto, fino a quando anch'essa non fu appoggiata sul viso di Sorcha. Allora, finalmente, Caden iniziò a muovere le mani lungo il viso di lei, con immensa gentilezza, tracciandone i contorni, come se le sue dita avessero avuto occhi per vedere. Nonostante il cuore le battesse all'impazzata, Sorcha rimase ferma mentre lui percorreva ogni centimetro del suo viso... lungo il naso, tracciandone i contorni con entrambe le mani. Poi passò alle orecchie, al che Sorcha avvertì un formicolio all'altezza della nuca e un certo cedimento alle ginocchia. L'uomo passò le mani tra i suoi capelli, facendovi scivolare le dita, stimandone la lunghezza. Poi, finalmente, tornò al suo viso e le percorse le sopracciglia con un dito prima di far scivolare la mano sinistra dietro al suo collo. I capezzoli di Sorcha si inturgidirono fino a quando lei non si rese conto che sporgevano visibilmente. *Anche Caden se n'era accorto?* Come se avesse avuto intenzione di baciarla, l'uomo le si avvicinò leggermente, fino a quando lei non avvertì il calore del suo fiato, e disse: "Ti ringrazio, Sorcha dún Scoti."

Tutto lì.

Bess e Alec li osservavano da dietro un angolo e Sorcha avvampò. Le espressioni di entrambi suggerivano meraviglia e trepidazione. Poi Caden la lasciò andare e si abbassò a cercare il bastone, trovandolo fin troppo facilmente e lasciandola lì da sola a chiedersi cosa stesse pensando.

Vide Alec e Bess scambiarsi un'occhiata incuriosita quando l'uomo si voltò e se ne andò; poi entrambi nascosero il viso.

"Andiamo a mettere al sole quei tuoi vasi," disse Caden, che aveva ripreso a picchiare con violenza il bastone contro i pavimenti e le pareti vicine.

Sorcha iniziò a ribollire di rabbia. Le sembrava di essere stata pesata e trovata mancante. Che la Cailleach l'aiutasse, avrebbe voluto andare a spaccare quel maledetti vasi uno per uno.

ERANO TRASCORSI DEI GIORNI DA QUANDO CADEN AVEVA voluto 'vedere' il viso di Sorcha e, per quanto ne capiva lei, l'uomo era rimasto deluso da ciò che aveva scoperto. Ora, quando lei non gli applicava le sue tinture o gli serviva tisane, egli non tollerava più la sua vicinanza. Sorcha aveva una mezza idea di somministrargli un goccio di ginepro, tanto per farlo sentire male quanto stava lei. Forse era solo una sua impressione, ma ogni volta che lo metteva alla prova Caden si inventava una qualche scusa e fuggiva dalla stanza, come se fosse disgustato da lei.

Sorcha detestava ammetterlo, ma l'idea che egli la disprezzasse le provocava una sofferenza maggiore del dovuto. Perché mai avvertiva il *bisogno* di essere desiderata da lui? *Per il semplice fatto che le era parso che così fosse?* Non era certo un mostro; Graeme non le aveva forse rivolto numerosi complimenti in passato?

Dopotutto somigliava a Lìli, e Aidan e quasi ogni altro uomo che avesse mai posato gli occhi su sua sorella sostenevano che Lìli fosse la donna più bella del Creato. Logica voleva che Sorcha *dovesse* possedere almeno una parte del suo fascino. *Non era forse scontato?*

Nonostante tutto, e nonostante la menomazione visiva di Caden, questi pareva sulla strada del ritorno alla normalità: aveva ripreso il comando del *caisteal* e partecipava all'organizzazione della festa del quindicesimo giorno di maggio, al quale mancavano meno di due settimane.

Peccato che Sorcha preferisse il *vecchio* Caden; per non parlare del fatto che il *laird* era ancora cieco, nonostante lei sospettasse sempre più che la sua non fosse una condizione fisica. Alec aveva fiducia in lei, ma a meno di due settimane dal giorno in cui avrebbe dovuto partire per forza, Sorcha non aveva ancora restituito la vista a Caden. Né sapeva cos'altro tentare.

"Restano cinque sacchi d'orzo," annunciò Afric, bloccando Caden prima che questi uscisse dalla sala grande. "Vuoi che li dia *tutti* a Bess, o ne offro qualcuno anche al birraio?"

"Quattro al birraio, uno a Bess," rispose Caden senza la minima esitazione. L'uomo non poteva vedere il viso di Bess, ma gli occhi di quest'ultima si illuminarono. Bess batté le mani come una bambina felice e corse via, chiaramente compiaciuta dalla decisione del *laird*. Anche se non era esattamente qualcosa di cui essere orgogliosi, Sorcha spiò la scena attraverso la porta semichiusa del suo laboratorio... che presto sarebbe stata costretta ad abbandonare assieme al resto.

Era una pillola amara da ingoiare.

Non solo le sarebbe toccato lasciare l'unico uomo per il quale avesse mai provato dei sentimenti, ma anche il luogo di lavoro che aveva sempre desiderato. Non sapeva quale delle due cose la alterasse di più. Avrebbe potuto sempre trovare un altro laboratorio altrove... ma era sicura che non avrebbe trovato da nessuna parte un uomo come Caden. Ormai aveva passato da un pezzo l'età del matrimonio: aveva ventiquattro anni. Se avesse rinunciato a quell'occasione e se ne fosse andata, avrebbe potuto non avere mai più l'opportunità di sposare un uomo di suo gradimento... non che Caden avesse detto di volerla sposare. Anzi, ormai le parlava a malapena. Ma sebbene lei, al momento, non potesse dire di amarlo, egli le piaceva tanto che il pensiero di lasciarselo alle spalle le provocava sofferenza.

Meditando su quelle faccende e altre ancora, Sorcha aveva trascorso il pomeriggio a produrre dell'altra tisana, che tuttavia sembrava completamente inutile. Caden era di pessimo umore e ora lo era anche lei.

Forse stava sbagliando qualcosa. O forse il ragazzino che le aveva dato quel fiore si era sbagliato. *Forse Biera non era Una.* Peggio che peggio, c'era la possibilità che lei non potesse far nulla per restituire la vista a Caden.

O per conquistare il suo cuore.

Nel frattempo, le emozioni stavano rendendo lei stessa cieca. Si stava affezionando a tutte quelle persone, non solo a Caden. Cominciava a conoscere meglio i bambini e parlava con Bessie più spesso di quanto, in passato, avesse parlato con le sue sorelle. Quella gente mostrava più interesse in lei di quanto avessero mai fatto i suoi consanguinei. A Dubhtolargg, ciascuno aveva il suo ruolo, e solo ora che ci pensava Sorcha si rendeva conto di non averne mai avuto davvero uno. Era sempre stata solo Sorcha, la piccina. Sorcha, la gregaria. Sorcha, l'apprendista.

Certo, tutti la adoravano, ma erano sempre stati troppo occupati per darle attenzione, e la triste verità era che, senza Una nella Valle, Sorcha si sentiva sola. Ma per il brevissimo periodo di tempo nel quale lei e Caden avevano intrattenuto rapporti amichevoli, non era stata sola per nulla. Se fosse tornata nella Valle, avrebbe vissuto come aveva sempre fatto in passato: servendo i suoi consanguinei in cambio di ben poca soddisfazione, perché essi non avevano bisogno di lei. A differenza di quella gente.

Ah, era forse destinata ad andare a trovare suo fratello e Lianae a Ailginshire per vedere Graeme, solo per avvertire il battito accelerato del suo cuore? Una sensazione che, evidentemente, non era la stessa che provava in presenza di Caden.

Confusa e sopraffatta dall'emozione, Sorcha uscì a prendere un po' d'aria fresca. Ma poi continuò a camminare, diretta verso il luogo in cui sapeva che Liusaidh amava pascolare. Solo una volta arrivata a metà della collina intravide entrambi i cavalli vicini, che sfregavano i musi l'uno contro l'altro. Diabhal appoggiò la testa nera sulla groppa candida di Liusaidh e, un attimo dopo, si voltarono le spalle e presero a muoversi in cerchio. Sorcha riconobbe quei movimenti come una danza di accoppiamento e rimase di sasso, osservando con orrore crescente mentre Diabhal si spostava dietro la sua dolce giumenta e tuffava il muso tra le sue cosce. Poi, proprio di fronte ai suoi occhi, lo stallone si impennò e la sua dolce, bella puledra non fece nulla per dissuaderlo. Si era lasciata annusare e poi gli aveva sbattuto il posteriore dritto in faccia! Inorridita, Sorcha si voltò di scatto e se ne andò… riuscendo comunque a rendersi conto che i cavalli erano *esattamente* come le persone.

CAPITOLO DODICI

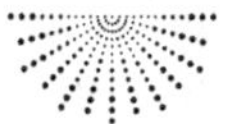

"Cosa diavolo ti è saltato in mente, Alec? Quella ragazza *non* è una serva! È figlia di un nobile!"

Per non parlare del fatto che, in base a quanto Caden era riuscito a intuire, era anche giovane e bella. Alec aveva combinato un bel guaio. Peggio ancora, Caden si stava affezionando a quella giovane e non avrebbe avuto voce in capitolo sulla fine di quella vicenda. Gliel'avrebbero strappata via, rapidamente e violentemente come con la testa di Davino. "Possibile che tu sia tanto imbecille?"

In quel momento erano chiusi nel magazzino, intenti a dividere i sacchi in base al loro utilizzo, con Alec che gli dava indicazioni come avrebbe fatto con un sempliciotto. "Quello lì. Ecco. Quattro passi. Contro il muro."

Caden si sentiva come uno schiavo, buono solo a trasportare pesi. Ma non era quello a infastidirlo di più. Era riuscito a conservare le domande – e la rabbia – per il momento in cui avrebbe potuto restare da solo con Alec.

"Quella vecchia–"

Caden lo interruppe. "Da quando presti orecchio alle vecchie sconosciute?"

Alec si grattò la testa. Caden udì il suono e seppe con esattezza cosa significava: Alec era nervoso. Si trattava di un gesto rivelatorio; non c'era bisogno di vederlo con gli occhi per riconoscerlo. "Beh, *laird*, non ce n'era mai capitata una in casa," osservò Alec. "Ho fatto del mio meglio. E tu non sai in che razza di situazione mi sono trovato: quella vecchia era arrivata qui *senza* una nave. Spiegami un po' come potrebbe aver fatto."

"Dovevate essere tutti mezzi ubriachi. Ve la sarete persa."

"No, Caden. Quello ubriaco eri *tu*."

Il tono dell'affermazione non era offensivo. E le parole erano vere. Caden aveva trascorso la maggior parte degli ultimi sei mesi ubriaco fradicio, lasciando Alec a svolgere i suoi compiti. Se c'era qualcuno a cui dare la colpa, quello era lui.

"Giuro sull'occhio buono della Cailleach che non ho toccato un goccio da quando ti sei ripreso dalla febbre dopo lo yule e ho capito che saresti sopravvissuto."

Caden si sentì mortificato, che quello fosse l'intento di Alec o meno.

"E che mi dici di *quella* stella?" insistette Alec.

"Che ti devo dire?"

"Ah, Caden, tu non puoi vederla, ma è qualcosa di innaturale, ti dico. La vecchia aveva detto che sarebbe apparsa di giorno e che sarebbe stato possibile navigare alla sua luce, ed eccola qui."

"Cazzate. Ne abbiamo viste, di stelle luminose."

"Non come questa, Caden. La vecchia ha detto che, l'ultima volta che è apparsa una stella fortunata, un bambino appartenente a un certo clan Bethal Ham è stato visitato da degli stranieri che portavano oro, incenso e mirra."

"Quella è la storia del Cristo, imbecille! Non ascolti mai i preti?"

Una volta all'anno, all'anniversario della morte di

San Ronan, il clan festeggiava le radici cristiane dell'isola, e anche se la stragrande maggioranza delle persone non era davvero credente, nessuno osava saltare il sermone, tanto per stare sicuri. Quello della nave era un enigma, certo. Non era possibile avvicinarsi all'isola senza essere visti. Rònaigh si trovava sperduta nel Mare del Nord, molto lontana dalla terraferma scozzese e quasi altrettanto dall'Isola di Skye.

"Sì, beh, che mi dici di questo? La vecchia ci ha detto dove avremmo trovato Sorcha e, guarda caso, lei era *esattamente* dove ci aveva detto Biera, vestita allo stesso modo e in sella alla stessa giumenta. *Tutto* era esattamente come ci aveva raccontato lei."

"E dove, *esattamente*, vi aveva spedito Biera?"

"A Lochinver."

Caden inalò di scatto. "E tu hai rapito una ragazza da Lochinver? Che il diavolo ti porti! Ci sono anche i MacLeod, là; e se non loro, qualcuno verrà a prendersela. Santi numi, Alec, spero che tu ci abbia pensato su. Finora re David ci ha lasciati in pace, ma la tua idiozia potrebbe costarci una guerra."

"Beh, vedi, è proprio questo il punto." Quella vecchia ha detto—"

"Non importa cosa ha detto la vecchia, Alec."

"Ma Caden, tu non sai niente. Biera ha detto che il babbo di Sorcha verrà a reclamarla e che quando ciò accadrà—"

Infuriato, Caden scagliò il sacco che aveva in mano. Lo udì lacerarsi per la forza dell'impatto, spargendo grano per tutto il pavimento. Si voltò e colpì il muro, che in qualche modo sapeva essere vicino, col palmo della mano, imprecando sonoramente. "Vuoi dire che *sapevi* chi sarebbe venuto a cercarla, ma l'hai rapita comunque?" Il nocciolo della furia di Caden era un terribile senso di impotenza. Ora non aveva modo di aiutare nessuno, nemmeno Sorcha. Alec era troppo ottimista: sebbene Caden riuscisse a muoversi molto più facilmente all'interno della fortezza, restava un uomo incapace di combattere. Se non lo fosse stato, avrebbe inculcato a furia di botte un po' di buon senso nella testa del suo amico.

"Caden… per favore… calmati…"

"Per la Cailleach, Alec! Non mi servono gli occhi per vedere che sei un imbecille!"

"Caden, ascoltami… il padre di Sorcha è un demonio. E ora che tu la conosci, vorresti che la abbandonassi alla mercé di quell'uomo? Ha stuprato sua madre! Chissà cosa farebbe a lei. Biera ha detto–"

"Chiudi la bocca, Alec! E non dire più una sola parola riguardo a Biera!"

In verità, Caden avrebbe strozzato qualunque uomo avesse cercato di fare del male a Sorcha. Ma non era che un cieco che comandava altri ciechi. Si appoggiò alla parete, premendo la fronte contro la pietra fredda e cercando di riprendere il controllo. L'inferno sarebbe presto calato sull'isola e lui non aveva né gli uomini né i mezzi per proteggere Sorcha. *Rònaigh era perduta.* E lo stesso sarebbe accaduto a Sorcha se ciò che Alec aveva detto si fosse realizzato. Caden non era in grado di difenderla. E ora che si era affezionato a lei, il peggio era che, nonostante la sua cecità, aveva intravisto quella che avrebbe potuto essere una vita felice… con una brava donna al suo fianco.

Immerso com'era nei suoi pensieri cupi e pessimisti, diede ad Alec l'occasione di parlare, per cui questi, violando il suo ordine, disse: "Biera ha giurato di poterci aiutare, Caden. Non puoi incolparmi per aver colto l'occasione. Rònaigh sarà perduta senza di te. E, nel mentre, potremmo aiutare anche la ragazza…"

Caden riprese fiato, staccò la testa dal muro e si voltò stancamente. "Aiutarla? E come?"

"Beh, sai che è una guaritrice–"

"Sì, Alec, lo so benissimo che è una guaritrice. Sono giorni che mi spalma addosso quella tintura puzzolente. Quello che voglio sapere è come *noi* potremmo aiutare *lei* quando la metà dei nostri uomini sono morti e io sono cieco… *ancora* cieco, vorrei aggiungere, nonostante il tempo e la puzza."

"Sì, *laird*," concordò Alec in tono un po' più formale. La sua voce suonava distante quando parlò. "Ma finora tutto ciò che ha detto Biera si è realizzato; e tu non l'hai conosciuta, Caden. *Io sì*. Il suo modo di fare mi ha fatto pensare agli dei. Non era una persona qualunque, ti dico. E…"

"E cosa?"

"Ha detto che conosceva Conn."

Caden levò gli occhi al soffitto. "I deliri di una vecchia naufraga sbatacchiata dal Minch. Ti ha detto ciò che volevi sentirti dire e ti ha convinto a portarla all'Isola di Skye. Ho ragione?"

Silenzio.

"Ho ragione?"

"No! No che non hai ragione. Biera è tornata con noi a Lochinver. E ora ascoltami bene, Caden Mac Swein, perché se ciò che lei afferma è vero, in meno di una *sennight* vedremo arrivare tre navi."

"Tre? Come i saggi che portarono doni al Cristo bambino? Che balle vai raccontando, Alec?"

Checché ne pensasse Caden di quelle scemenze, era chiaro che Alec ci credeva. "La prima delle tre navi porterà più vettovaglie di quante Rònaigh abbia mai visto, abbastanza per due inverni e ancora di più. La seconda porterà il fratello di Sorcha–"

"Ah! Un altro di cui preoccuparsi?" Caden scosse la testa, colmo di ansia, ma lasciò che l'altro uomo proseguisse.

"L'ultima nave porterà suo padre. E a Calendimaggio–"

"Per la croce del Cristo! Tu sei pazzo!" esclamò Caden. Alec si limitò a rispondere. "Vedrai, Caden Mac Swein. Se la profezia della vecchia non dovesse avverarsi..."

"Beh?"

"Allora è vero: siamo perduti. Ma se dovesse avverarsi e tu ti ritrovassi con un'ascia in mano, farai meglio a usarla! E se vuoi bene a quella ragazza, non lascerai che quel mostro se la prenda."

"Sorcha non ci appartiene," gli ricordò Caden. "L'abbiamo rapita, nel caso te ne fossi dimenticato. Finora eravamo riusciti a star fuori dalla politica del Re, e ora guarda cos'abbiamo combinato..."

In risposta, Caden udì nella voce di Alec una nota di qualcosa che non aveva mai udito in passato: delusione. "E quando mai hai evitato di combattere per ciò che è giusto? Quando lei ti è vicina, basta guardarti in viso per capire che ti sei affezionato a lei, proprio come tutti noi. Se non intendi combattere per difendere Sorcha, dovrò farlo io."

Caden grugnì in segno di disgusto. "Servirà a molto, se suo padre verrà con un esercito grande abbastanza da necessitare *tre* navi per portarlo in giro," ribatté. Ma Alec se n'era andato, lasciandolo solo con la sua furia. "Mi hai sentito, Alec?"

Silenzio.

"Alec!"

Nessuno rispose, al che Caden si mise a urlare e a imprecare a pieni polmoni. Inciampò nel bastone mentre cercava il sacco di grano che si era rotto; poi, dopo averlo trovato, lo prese a calci con tutta la sua forza. E poi, quand'ebbe finito di sfogarsi e riuscì a pensare in maniera un po' più lucida, ripensò a tutto ciò che Alec gli aveva detto. Non sapeva molto di Sorcha, ma la conosceva abbastanza da essere certo che sarebbe morto per difendere il suo onore piuttosto che lasciare che chiunque la portasse via contro la sua volontà. Una volta ammessa quella verità con se stesso, andò a cercare Alec.

$$\cdot$$

SORCHA UDÌ LE GRIDA ATTRAVERSO LE MURA DI PIETRA.

Non riuscì a cogliere le parole precise, ma sapeva a chi appartenevano quelle voci… e sospettava di essere lei l'argomento della discussione. Le sue paure avevano avuto conferma.

Una porta si aprì sbattendo. Un attimo dopo, Alec entrò in fretta e furia nell'alcova. L'uomo la vide nel suo laboratorio, si voltò di scatto e raggiunse la soglia, afferrando lo stipite della porta con entrambe le mani. Aveva un'aria molto preoccupata. "Se vuoi andartene prima di Calendimaggio," le disse, "ti porterò io stesso a Skye."

Ma lei non voleva andarsene, non ancora. Scosse la testa. "Ti ho fatto una promessa," disse. "E intendo mantenerla."

Per un lungo istante, Alec si limitò a fissarla, come se volesse aggiungere altro. "Presto ci sarà un regolamento di conti," la mise in guardia. "E io preferirei che tu non ne fossi testimone."

Sorcha non aveva idea di cosa egli stesse dicendo, ma non aveva paura. Anzi, se quella gente aveva bisogno di protezione, lei era capace quanto un uomo. Sapeva usare l'arco e la spada. Il giorno in cui il conte di Moray aveva aggredito suo fratello nei pressi di Dunràth, Sorcha era stata la prima a saperlo ed era accorsa in suo aiuto, abbattendo diversi nemici e proteggendo Keane dalla lama di de Moray. "Correrò il rischio," disse.

"Ah, ragazza." Alec scosse la testa con aria disperata.

"Se rimani, potresti trovarti ad affrontare il demonio da cui fuggi."

"Così sia," disse Sorcha. Un attimo dopo, Alec annuì e si allontanò, lasciandola alle sue tinture e alle sue erbe. Ma l'espressione di terribile ansia nel suo sguardo continuò a perseguitarla per il resto della giornata.

"Potresti trovarti ad affrontare il demonio da cui fuggi," le aveva detto. L'unico demonio a lei noto era suo padre. E se era quello il demonio a cui si riferiva l'uomo, lei sarebbe stata lieta di avere un'occasione di infilzarlo.

E se non si trattava del suo caro babbo, beh, sarebbe rimasta comunque, perché provava nei confronti di quella gente un'affinità che non sapeva spiegare. E anche se non le fosse importato nulla della loro sorte, lì a Rònaigh c'erano più bambini che adulti. Che razza di mostro sarebbe stata ad abbandonare degli innocenti per salvare se stessa?

In verità, aveva molto da dire Una, se Una era ancora viva, ma non avvertiva più l'impulso irrefrenabile di andarla a cercare. Per il momento, era *lì* che c'era bisogno di lei; e se davvero il male stava arrivando, lei sarebbe rimasta ad aiutare quella brava gente a fronteggiarlo.

Del resto... la *ruagaire deamhan* aveva un altro uso.

In molti ritenevano una fantasia il confine sottile che separava quel mondo dall'altro, assieme a quelle pozioni e incantesimi che mescolavano o separavano i due, ma lei credeva fermamente nelle antiche usanze. Sorcha raccolse tutti i fiori che non aveva usato per tinture o tisane e li mise in dei piccoli sacchetti di cuoio. Tanto per stare sicura, aggiunse alcune altre erbe e, il cesto sottobraccio, fece un giro del villaggio.

In molti non credevano più nel potere della *magik*. Ma Sorcha era stata cresciuta nel rispetto dell'*altro* mondo e, se non altro, condividere la sua magia l'avrebbe fatta sentire meglio. Passò da una porta all'altra, dicendo ogni volta la stessa cosa: "Ti ho portato un talismano." E dava alla donna che le aveva aperto la porta uno dei sacchettini. "Appendilo in alto, dove potrà proteggere la tua famiglia."

Fece la stessa cosa per tre volte; poi, alla quarta casa, la donna che le aprì si mise a piangere. "Grazie, Sorcha… grazie. La mia Elspeth è malata."

"Oh, no!" esclamò Sorcha. Le era stato appena ricordato che certi mali non avevano nulla di soprannaturale. Ma anche in quelle circostanze poteva essere d'aiuto. "Posso vederla?"

La donna aprì un po' di più la porta per lasciarla entrare. Una volta dentro, Sorcha si rese conto di quanto poveramente vivesse quella gente. La casa aveva una sola stanza, dove c'erano un letto, un tavolo e un calderone appeso sopra il fuoco. La piccola Elspeth – la stessa bambina che aveva definito Liusaidh un cavallo fatato – era seduta sul letto che condivideva con la madre, tirando su col naso e asciugandosi il moccio. Il cuore dolente per la bambina malata, Sorcha prese un altro sacchettino, questa volta pieno di bacche di ginepro, e schiacciò queste ultime sul tavolo della donna per ricavarne una poltiglia. Avvolse la poltiglia in uno straccio e lo diede alla donna, dicendole: "La bambina non deve mangiarla né sfregarsela sulla pelle. Se avrà difficoltà a respirare, tu mettigliela sotto il naso e dille di inalare. Così." Per essere certa che la donna sapesse esattamente cosa fare, Sorcha glielo mostrò.

"Grazie," disse la donna mentre lei stava per andarsene. "Tu sei una benedizione, cara. Dio ha voluto farci un dono mandandoti a Rònaigh."

Non era proprio così: Sorcha non era stata mandata, ma piuttosto portata. Ciò nonostante, abbracciò la donna e riprese il suo giro, pensando che, in verità, era quella gente a essere un dono per lei. Per la prima volta da quando aveva appreso la verità sulle proprie origini, Sorcha riusciva a vivere felicemente il momento; Una e Padruig Caimbeul non erano che pensieri lontani. No, non se ne sarebbe andata.

Qualunque cosa si stesse preparando ad affrontare quella gente, lei l'avrebbe affrontata assieme a loro. E se le fosse toccato impugnare una spada per difenderli, beh, lo avrebbe fatto.

Nel timore che Caden volesse mandarla via, non appena tornata dal villaggio salì le scale della torre per fare in modo che non potesse liberarsi di lei tanto facilmente.

Sapeva quello che sapeva e si rendeva conto che, nonostante la furia di Caden e i suoi sforzi per evitarla, l'uomo non era immune al suo fascino, proprio come lei non lo era al suo.

E in quel momento era decisa a dimostrarlo...

CAPITOLO TREDICI

*E*ra trascorsa oltre una *sennight* dall'arrivo di Sorcha e Caden era cieco come il giorno in cui lo era diventato. Nessuno dei suoi cataplasmi, delle pozioni o degli unguenti propinatigli dalla donna era servito a nulla. A trarre beneficio era stata solo ed esclusivamente la sua voglia di vivere. Che fosse dannato se la sua gente avesse dovuto soffrire per la sua apatia. E Sorcha... lei era innocente. Ora che comprendeva la sua situazione, Caden provava per lei un senso di protezione pari a quello che nutriva nei confronti della sua stessa gente.

Quella vecchia aveva detto ad Alec ogni cosa. Sorcha era figlia di sangue di Padruig Caimbeul, e persino così al nord, vicino ai confini del mondo, la perfidia di quell'uomo era nota, nella forma della sacrilega alleanza da lui stretta con il *laird* di Teviotdale, la cui figlia era stata trovata mutilata dal macellaio di re David. Troppo tardi Teviotdale aveva levato i propri vessilli contro Padruig, radunando forze per opporglisi. Senza alcuna prova della colpevolezza di Padruig, nessun altro si era unito alla causa. Di certo non lo aveva fatto Caden, che aveva troppo da perdere per opporsi a uno sgherro di David. Dopotutto, bastava guardare che fine avevano fatto Óengus e i suoi figli: avevano perso il Mormaerdom e le loro vite, e il titolo di conte apparteneva ora a un uomo talmente avido da essere pronto a mettersi in combutta con gli assassini del suo stesso padre. Ciò nonostante, la storia forse più terribile di tutte che si fosse udita da quelle parti era quella del tradimento perpetrato da Padruig a Dubhtolargg. Non c'era da stupirsi che lui avesse aggrottato la fronte quando Sorcha aveva menzionato il proprio luogo di nascita, anche se lui stesso se n'era reso conto solo quando Alec gli aveva ricordato della doppiezza di Padruig. Che Caden fosse dannato se avesse consegnato Sorcha a un uomo del genere. Accadesse quel che accadesse, avrebbe fatto in modo che Sorcha fuggisse illesa.

Per quanto riguardava la sua gente... non sapeva cosa fare. Poteva fidarsi di ciò che gli aveva rivelato Alec o prendere la sua gente e portarla via. *Subito*. Portarli alle barche e navigare verso l'Isola di Skye. Era persino disposto a ingoiare l'orgoglio e fare la pace col vecchio MacLeod, dandogli l'isola e tutto ciò che comprendeva.

Nel salire le scale da solo per la prima volta da quando era diventato cieco, Caden si tenne vicino al muro, usando il bastone per individuare i singoli gradini. Sapeva esattamente quanti ce n'erano prima delle sue stanze. Non appena vi entrò, avvertì immediatamente la presenza di Sorcha. Non solo sentiva l'odore dei suoi cataplasmi, ma la stanza era calda e lui ebbe l'impressione che la donna avesse preparato un bagno: avvertiva l'umidità dell'aria e sentiva un profumo di acqua infusa di lavanda.

"Mio *laird*," disse dolcemente la giovane, avvicinandosi a lui, e tutto ciò che Caden aveva avuto intenzione di dire gli venne meno quando lei iniziò a tirarlo per la tunica.

"Sorcha?"

"Ti ho preparato un bagno caldo," disse lei, prendendolo dolcemente per la mano per poi ritrarsi all'istante quando lui cercò di allontanarsi.

Da quando aveva udito la sua storia raccontata da Alec, Caden aveva fatto del proprio meglio per evitarla, sperando contro ogni speranza che avrebbe scelto da sé di andarsene. Sapeva che Alec le aveva offerto un passaggio sicuro per l'Isola di Skye. Ma, chissà perché, Sorcha era rimasta...

La giovane lo spogliò rapidamente, approfittandosi della sua distrazione, e prima di rendersene conto Caden si ritrovò nudo come il giorno in cui era nato. Sorcha aveva acceso un braciere nella *sua* stanza.

L'aveva spostato lì dentro da sola?

Se non avesse saputo il contrario, avendo toccato le sue braccia lunghe e snelle, avrebbe pensato che fosse robusta come un uomo. Ma non lo era. La sua pelle era morbida ed elastica, e il solo pensiero gli fece bramare una conoscenza più carnale. Senza dire una parola, la donna lo guidò fino alla tinozza, gli fece appoggiare le mani sul bordo e lasciò che lui vi entrasse da solo.

Come dire di no?

Stanco com'era, Caden non osò protestare. Appoggiò il bastone vicino alla tinozza e vi entrò, sospirando felice mentre si immergeva nell'acqua al profumo di lavanda; poi rimase di sasso nell'udire il rumore di un altro indumento che scivolava a terra... un suono morbido e allettante, una carezza sulla pelle nuda.

Le sue braccia si coprirono di pelle d'oca e il suo cuore prese a battere forte come quello di un giovanotto inesperto. "Sorcha," protestò flebilmente.

Sentì un piede dalle dita piccole infilarsi nella tinozza. "Shhhh," disse lei. "Shhhh." Poi la giovane gli si mise sopra.

Caden non riuscì più a dire alcunché, perché la seduttrice si sporse a dargli un dolce bacio sul ponte del naso. "Sorcha," ritentò, nonostante avvertisse le lunghe membra ben tornite della donna modellarsi attorno al suo corpo. Il posteriore della giovane scivolò sulla sua erezione immediata e turgida.

Sorcha si crogiolò nella lussuriosa reazione dell'uomo.

Per quanto non conoscesse le vie del piacere carnale, aveva udito abbastanza vanterie da parte delle sue sorelle da sapere cosa ci voleva per dare piacere a un uomo... e a se stessa, già che c'era.

La testa di Caden ricadde contro la tinozza e i suoi lineamenti si spianarono. Ma tanto per stare sicura, Sorcha disse: "Se non vuoi, Caden Mac Swein... se non mi trovi gradevole, me ne andrò..."

Lo disse con voce imbronciata, mentre con un dito gli stuzzicava un capezzolo. Caden prese fiato e aprì la bocca per parlare, ma da essa non uscirono parole. Solo un sospiro roco.

Incoraggiata, Sorcha prese il sapone tra le mani e iniziò a insaponargli le spalle, passando la saponetta scivolosa sulla pelle calda e nuda dell'uomo, soffermandosi solo per passare le punte delle dita su ciascuna delle sue cicatrici. *Quante battaglie deve aver visto?* C'era una lunga cicatrice al di sopra del petto, sotto la spalla; d'istinto, Sorcha si sporse a baciarla.

"Sorcha," protestò Caden. Ma questa volta gli tremava la voce. Lei fece scivolare la mano verso il basso, tra di loro, e per un attimo finse di lavare se stessa... ma poi lasciò andare la saponetta e avvolse le dita attorno al membro dell'uomo, stringendo dolcemente. Le mani di Caden scattarono ad afferrarle il polso, immobilizzandola. "Prima di andare avanti, Sorcha dún Scoti, devi sapere che se lo farai io non ti lascerò andare mai più."

"Sì," mormorò lei nella maniera più seducente possibile.

"Mai," sottolineò Caden. "E intendo *mai.*"

Sorcha sorrise mentre il suo cuore batteva all'impazzata. Il suo corpo bramava qualcosa di più e, nonostante lei non avesse mai conosciuto la sensazione di avere un uomo dentro di sé, sapeva perfettamente di cosa il suo corpo aveva bisogno. Desiderava essere riempita da Caden e, obbedendo al proprio corpo, cambiò leggermente posizione in modo che la virilità dell'uomo stuzzicasse la zona più intima del suo corpo. Sotto di lei, il corpo di Caden fremette ancora e Sorcha fu estremamente compiaciuta dalla sensazione di potere che ne ricavò. "Vuoi che mi fermi?" chiese in un sussurro.

"No," rispose a bassa voce lui, per poi deglutire. Il suo pomo d'Adamo si muoveva su e giù; Sorcha si chinò per baciarlo. Confermando la propria affermazione, l'uomo allentò la presa sul polso di lei e la sua mano si allontanò dai suoi fianchi.

A Sorcha non serviva altro incoraggiamento. Si posizionò sopra di lui, il suo corpo si aprì per accoglierlo e lei tremò dal piacere, fino a quando non si trovarono di fronte alla barriera del suo imene...

Vide che anche Caden se n'era accorto, perché spalancò gli occhi e allungò nuovamente le mani, afferrandola con precisione alla vita, come per evitare di prenderlo tutto fino in fondo.

Ma Sorcha non intendeva lasciarsi frustrare. Voleva quell'atto quanto Liusaidh doveva aver voluto Diabhal. Voleva Caden Mac Swein e voleva portare in grembo i suoi figli. Voleva un bambino da stringere al seno, come Lìli e Lael e Lianae. Persino Kellen, il figlio maggiore di Lìli, stava per diventare genitore, e Sorcha ancora non aveva giaciuto con un uomo. Imbaldanzita, spinse via le mani di Caden e lasciò che il peso del corpo la trascinasse verso il basso. La lacerazione dell'imene fu indolore, celata dall'enorme piacere. E poi, una volta che Caden l'ebbe riempita completamente, Sorcha iniziò a muoversi lentamente sopra di lui, ad abituarsi alle sue dimensioni, mentre invitava il suo seme nel proprio grembo. "Buin mo chridhe dhuit," mormorò mentre gli mordicchiava l'orecchio. *Il mio cuore ti appartiene.* "Da questo momento in poi."

La voce di Caden era arrochita dal desiderio. "Tá mo chroí istigh ionat," disse. *Il mio cuore è in te.*

Ed era vero. Sorcha lo sentiva pulsare nelle proprie vene, fino al proprio grembo...

Il suo corpo rispose in preda alla fame del desiderio, e poi non servì aggiungere altro...

CAPITOLO QUATTORDICI

Il cuore di Sorcha non era più nella Valle.

Era stata condotta a Rònaigh per una ragione e ora intendeva restarvi. Accadesse quel che accadesse, era destinata a stare con Caden. Da quando si erano uniti, in cima all'alta torre, aveva trascorso quasi ogni momento di veglia a prendersi cura di lui, ad applicare le sue tinture e poi, quando le carezze si erano fatte troppo passionali, ad amoreggiare con lui.

Da tempo Sorcha aveva iniziato a disperare di conoscere un uomo, di provare la gioia di crescere dei figli nel proprio grembo, ma nemmeno si era concessa di piangere ciò che, forse, non avrebbe mai potuto essere. Era una persona troppo pragmatica per sprecare energie commiserandosi. Ma ora non c'era più bisogno di negarsi nulla. Caden era un uomo abituato a dare e ricevere piacere e non si vergognava certo di dimostrarlo.

Non importava dove si trovassero – nella stanza dell'uomo, sotto un sorbo, sulla spiaggia, nei pressi delle scogliere – Caden pareva completamente indifferente alla possibilità che qualcuno li vedesse e del tutto privo di vergogna alla prospettiva di farla sua.

Ma lui, naturalmente, non era in grado di vedere

quando un pubblico c'era davvero, e a volte Sorcha non poteva soddisfarlo – né soddisfare se stessa – soprattutto quando i piccoli li guardavano da lontano. Quel giorno si ritrovò costretta a schiaffeggiargli le mani e dirgli di no. "Concentriamoci sul da farsi," lo rimproverò quando lui cercò di toccarle il seno come un ragazzino col suo giocattolo preferito.

"Ah, ormai sono tre settimane che andiamo avanti, ma non funziona, fíorghrá." *Mio vero amore.* "Facciamo dei bambini, piuttosto. Saranno loro i miei occhi."

Sorcha rise. "No. Non quando ci sono degli altri bambini a guardarci."

"An toir thu dhomh pòg?" *Mi dai un bacio?*

"No," disse ridendo lei.

FRUSTRATO PIÙ E PIÙ VOLTE, CADEN SOSPIRÒ E SI SDRAIÒ sull'erba rugiadosa, accontentandosi di avere Sorcha vicino a sé. Non poteva vederla con gli occhi, ma la vedeva col cuore; e, strano a dirsi, riusciva a percepire la sua sagoma seduta accanto a lui, come un'ombra oltre le palpebre.

In momenti come quello era facile credere che tutto fosse possibile. Era giunta la primavera, l'aria era calda e presto, se Caden avesse ottenuto ciò che voleva, avrebbe avuto dei figlioletti suoi che correvano per i campi. Tante cose erano cambiate in un lasso di tempo brevissimo.

Per ora era felice di vedere il mondo attraverso gli occhi di Sorcha. Era chiaro che lei non aveva mai visto creature come quelle che abitavano sulla loro isola, perché Caden riconobbe lo stupore nella sua voce mentre, seduti vicino alla spiaggia a nord, guardavano le foche giocare tra le onde.

"Quante ce ne sono?" chiese Caden.

"Innumerevoli," rispose Sorcha, toccandogli la mano sinistra.

Caden le offrì il braccio sinistro. "Presto ricopriranno gli scogli."

Erano due giorni che la giovane lo massaggiava con tinture e olii e lo costringeva a trangugiare le sue tisane dolceamare. Caden, naturalmente, la assecondava, sebbene le cure non paressero sortire alcun effetto.

Ciò nonostante, lui era di umore molto più rilassato e non avvertiva più i dolori e l'indolenzimento di cui aveva sofferto dopo essere diventato cieco. Ma sebbene Sorcha sostenesse il contrario, lui sapeva che le sue tisane non avevano nulla a che vedere con quei benefici, che derivavano piuttosto dalla contentezza. "Hai mai sentito parlare dei selkie?"

"Selkie?" La voce della giovane era dolce e vellutata come burro mielato; Caden si sporse in avanti per sentire il suo odore al di sopra di quello della *ruagaire deamhan*, il cui unico effetto pareva quello di far puzzare il suo piscio peggio dell'aglio.

Sorcha continuò a massaggiarli le braccia, poi passò alle gambe, giocherellando di tanto in tanto coi suoi peli. Caden avrebbe voluto dirle che quei massaggi non gli avrebbero restituito la vista, ma poteva star certa che avrebbero risvegliato qualcos'altro. "Si dice che vivano in mare sotto l'aspetto di foche, ma che sulla terra cambino pelle e diventano umani. È questa la ragione per cui la mia gente non mangia le foche. Uno di questi giorni ti porterò alla Grotta del Gigante, dove fanno il nido."

"La Grotta del Gigante?"

"Una vecchia caverna sulla spiaggia."

"Ma perché si chiama così?"

"Perdiana, non lo so. So solo che mia nonna la chiamava così. Ha quel nome da prima che io nascessi."

Probabilmente c'entravano qualcosa i suoi avi vichinghi, che erano parsi giganteschi agli Éiren. Lui stesso aveva colorito e capelli derivati dal suo sangue vichingo.

Di che colore sono i capelli di Sorcha? Di che colore sono i suoi occhi?

Caden avrebbe ucciso per conoscere le risposte a quelle e altre domande. Conosceva la forma del viso di lei, i delicati contorni del suo naso e della sua bocca. Li aveva imparati a memoria come aveva fatto un tempo con la sua terra, ogni minuscola curva e lentiggine. Ma non aveva la minima idea di quale aspetto avesse il complesso.

Sorcha finì di lavorare sulle sue gambe, massaggiando i muscoli stanchi, poi tornò alle sue dita, quelle stesse dita che un tempo avevano stretto l'acciaio freddo e duro. Caden sospirò dal piacere mentre lei ci lavorava su, facendogli dimenticare l'opera mortale da esse un tempo eseguita. Non aveva idea di come quel trattamento potesse aiutare i suoi occhi, ma non intendeva lamentarsi.

Sopra le loro teste udì i versi dei gabbiani e rimpianse di non poterli vedere. Quante volte li aveva dati per scontati mentre se ne stava seduto da qualche parte? In quel periodo dell'anno dovevano esserci pulcinelle ovunque, appollaiate sugli scogli, con le loro piume nere e bianche e i loro buffi becchi arancioni e i piedi simili a quelli delle papere.

Nel corso delle ultime settimane, con Sorcha al suo fianco, Caden aveva riportato l'ordine nella propria casa. Tutto tranne che mansueta, Sorcha aveva un modo di fare fermo ma accattivante, che spingeva gli altri a contendersi il privilegio di obbedirle. Era d'aiuto in ogni cosa. Si comportava così anche con la sua gente a Dubhtolargg?

E loro sentivano la sua mancanza?

C'erano molte cose che Caden ignorava della sua

misteriosa principessa avvolta nella nebbia. "Non parli molto della tua gente."

"No," disse subito lei; troppo in fretta per Caden, che voleva sapere tutto della donna che era arrivato ad amare.

"Hmm," disse. "Ti trattavano male?"

"No," rispose la giovane, ancora una volta senza approfondire, il che non fece che spingerlo a indagare più a fondo.

"Ti vergogni di loro?"

La voce di Sorcha assunse una nota triste. "No, Caden. Anzi, mio fratello Aidan è un uomo onorevole, onorevolissimo."

"Allora perché li hai abbandonati, Sorcha?"

La voce della giovane si fece ancora più triste, lacerandogli il cuore. Fino a un attimo prima era parsa così felice. "Perché quello non è più il mio posto."

"E dove sarebbe?" insistette lui.

Una traccia di sorriso riapparve nella voce di Sorcha. "Proprio qui... con te, con l'uomo che sto cominciando ad amare." Ma poi, di colpo, cambiò argomento: "Caden... per caso aspetti visite?"

"Visite?"

"Sì, vedo delle navi."

"Delle navi?"

"Tre, per essere precisi."

Un brivido di gelo percorse la spina dorsale di Caden, che si alzò immediatamente. Colto dal panico, tastò il terreno in cerca del suo bastone. Come se l'avesse evocato con il pensiero, esso apparve nella sua mano; si rese conto che era stata Sorcha a porgerglielo. Si allungò ad afferrare la donna per il braccio. "Andiamo," le ordinò.

"No, Caden! Non abbiamo ancora finito!" protestò invano lei.

"Ora!" esclamò lui, sollevandola per farla alzare.

"Caden!" ripeté lei. Ma lui si voltò d'istinto e prese a trascinare la donna che aveva intenzione di sposare verso la fortezza, dove sarebbe stata al sicuro… dove Davino sarebbe dovuto rimanere. Perdio, non l'avrebbe mai lasciata andare. Non avrebbe mai lasciato che quel farabutto se la portasse via. Fosse stata l'ultima cosa che faceva, avrebbe ammazzato Padruig Caimbeul con le sue mani.

CAPITOLO QUINDICI

Fu sconcertante vedere la rapidità con cui l'isola si riempì di forestieri. Nel giro di qualche ora, tende di tutte le forme e i colori punteggiarono Rònaigh da un'estremità all'altra.

Dall'alto della torre, Sorcha descrisse il paesaggio a Caden e lui ascoltò mentre le stringeva la mano come un uomo terrorizzato all'idea di perdere un braccio. Sorcha avvertì una certa apprensione in quel modo di fare, che attribuì alle circostanze.

Alec aveva riferito loro la ragione per cui quella gente era venuta: per essere testimone dell'unione tra un figlio di Conn e una figlia di Cruithne. Le tornò in mente una profezia che le aveva raccontato Una, secondo la quale una simile unione avrebbe sancito l'inizio di un periodo di pace. *Ironia della sorte.* Quando MacAilpín aveva assassinato i figli di sette nazioni pitte per conquistare il trono, aveva infranto una tregua. Da allora la reliquia sacra dei re Dalriada, la Pietra del Destino, era stata maledetta e destinata a portare guerra a chiunque non avesse avuto il sangue abbastanza puro da governare due nazioni come se fossero una. I Guardiani avevano ricevuto il compito di proteggere An Lia

Fàil. Ma ora che la pietra era andata perduta, Sorcha e Caden avevano nelle vene il sangue di Scoti e Pitti, nonché dei vichinghi e dell'Éire. La loro poteva essere l'unione descritta dalla profezia, ma ironia voleva che non avessero più la Pietra del Destino.

Ciò nonostante, la gente radunata era davvero una visione stupefacente.

Sorcha era stupefatta dal numero delle persone che erano giunte seguendo la sua stella; non aveva mai visto tanta gente in un posto solo, di sicuro mai nella Valle.

Un'occasione simile si era verificata una volta sola, quando re David era giunto da loro prima che i suoi viaggi lo portassero alle terre di confine per rinforzare il suo dominio dopo la morte di re Henry d'Inghilterra. Era stato allora che aveva conosciuto la moglie di Keane, Lianae, e che Lìli aveva trascorso la giornata a chiedersi cosa avrebbe potuto servire a tutti quegli ospiti.

Ora Sorcha si trovava in una situazione simile, ma per fortuna non c'era da preoccuparsi per il cibo o le provviste di altro genere. Le navi erano giunte cariche di doni di ogni genere: cereali, erbe (alcune delle quali Sorcha non aveva mai visto e di cui non aveva mai sentito parlare), pecore, *aurochs* (grossi bovini dal pessimo carattere; se fossero rimasti, dove li avrebbero potuti mettere?), cavalli, pecore, maiali. C'erano persino vini invecchiati francesi, formaggi e carni affumicate donati dall'attuale re dell'Éire. Re David aveva inviato sete di molti colori provenienti dalle Fiandre.

"Tutti hanno dichiarato che i loro doni sono un tributo alla sposa di Dunrònaigh," aveva detto Alec; Sorcha e Bess si erano scambiate un'occhiata di assoluto stupore.

Perdiana, nemmeno lei stessa, che aveva il dono della seconda vista, avrebbe potuto prevedere cosa sarebbe derivato dalla sua visita a Rònaigh; come avevano potuto farlo costoro? Come avevano fatto a capire di dover seguire la stella? Come avevano potuto immaginare che lei avrebbe deciso di sposare il *laird* di Dunrònaigh?

Caden le strinse gentilmente la mano, come per rassicurarla – o forse per rassicurare se stesso – e Sorcha la strinse forte. "Immagino si aspetteranno un matrimonio," disse lui, al che Alec e Bess si guardarono nuovamente. La tensione all'interno della stanza era palpabile, perché Caden non aveva ancora dichiarato di voler sposare Sorcha, né aveva ancora sollevato l'argomento. Certo, avrebbe detto che non l'avrebbe mai lasciata andare, ma dividere il letto con lei e sposarla erano faccende diverse. Quasi certamente, Alec stava cercando di metterlo a suo agio. "Beh, per il momento sembrano contenti alla prospettiva di una bella festa."

Se in così tanti erano giunti seguendo la stella, forse anche Aidan era venuto a cercarla. "Per caso tra di loro c'è anche mio fratello?"

Alec scosse la testa. "Non ancora."

"Non ancora?" Sorcha si voltò a guardarlo con la fronte aggrottata e lo vide rivolgere un'occhiata preoccupata a Caden, sebbene questi non potesse vederlo. Il *laird* si voltò verso la finestra, forse immaginando ciò che loro erano in grado di vedere, e strinse ancora una volta la mano di Sorcha.

"Quello che intende dire Alec è che, a giudicare da quanta gente c'è, è solo questione di tempo prima che arrivino *tutti* i tuoi parenti."

Sorcha annuì, soddisfatta dalla spiegazione. Dal canto suo, ci sperava, ma non avendo più visto Aidan dopo quel terribile litigio, non era pronta a incontrarlo faccia a faccia… in particolare di fronte alla prospettiva che Aidan si offendesse per tutto ciò che lei aveva pianificato.

E tuttavia, di fronte a sé Sorcha aveva ora una vita diversa, e dall'istante in cui aveva lasciato la Valle si era resa conto molto bene che nulla sarebbe più cambiato. Anche Aidan avrebbe dovuto accettare quella verità: non rimaneva più nulla per lei nella Valle. Questa volta fu lei a stringere dolcemente la mano di Caden.

"Suppongo," disse Caden, facendo poi una breve pausa. "Se sono venuti per assistere a un'unione, dovremmo dargliene una... Giusto?" Si voltò a prendere Sorcha tra le braccia e lei udì Alec e Bessie sussultare leggermente. Dal canto suo, Sorcha trattenne il fiato. "Che ne dici, mia signora Sorcha? Mi vuoi come tuo uomo, per quanto cieco e scorbutico io sia?"

Sorcha rimase improvvisamente senza fiato. Sollevò la mano per sfiorare la guancia di Caden e le lacrime le spuntarono agli angoli degli occhi. "Sì, mio *laird*. Accada quel che accada, io sarò al tuo fianco."

"La gonna seta verde erba,
Il mantello di velluto fine,
Appesi a ogni crine del cavallo
Cinquanta e nove campanelli d'argento"

IL MORALE ERA ALLE STELLE. CANZONI E BALLI ERANO all'ordine del giorno. I liuti suonavano e le cornamuse ronzavano.

Ispirati dalla cerimonia imminente, uomini e donne saltavano oltre delle scope, un rito che simboleggiava l'ingresso in una nuova vita attraverso una soglia metaforica: un matrimonio, insomma. Era un gesto fatto soprattutto per chi non aveva una casa in cui portare la sua sposa. Purtroppo la cerimonia che avrebbe unito Sorcha e Caden non sarebbe stata così semplice. Lei voleva sposarlo, certo, ma avrebbe preferito di molto saltare oltre una scopa. Presto avrebbero avuto addosso gli occhi di tutti e lei non aveva mai amato essere al centro dell'attenzione. A quante feste aveva partecipato senza sentirsi davvero parte di ciò che stava accadendo?

Troppe.

Con l'eccezione delle scenette infantili di suo fratello Keane e di sua sorella Cailin, Sorcha non aveva mai assistito a un tale mucchio di stupidaggini. La vecchia Moira afferrò la mano di uno sconosciuto, ma questi si allontanò scuotendo la testa. Per nulla scoraggiata, Moira passò a quello successivo, sollevando le gonne per dimostrare che aveva ancora qualcosa da offrire.

Nel mentre, Sorcha rise e raccontò all'orecchio di Caden gli eventi della giornata, in modo che egli potesse ridere assieme a lei. L'atmosfera cupa e pensierosa che aveva dominato a lungo la torre era svanita, ora: era impossibile non godersi la vita quando tutti gli altri si divertivano così tanto.

In verità, gli eventi verificatisi nella Valle parevano lontani anni. Era difficile credere che fosse trascorso così poco tempo. Ma, naturalmente, era da molto che a Dubhtolargg non c'era occasione di festeggiare. Persino il matrimonio di Kellen con Constance era stato accolto con disapprovazione; poi c'era stato l'incidente e, beh, Una...

Ma quel giorno nessun'ombra avrebbe incupito l'atmosfera festosa. Solo, Sorcha avrebbe voluto che Caden potesse vedere i sorrisi e l'allegria; ma avrebbe pensato lei a memorizzare tutto per raccontarglielo poi quella notte.

Approfittando dell'occasione, Bess e Alec si lasciarono trascinare e si presero anche loro per mano, balzando oltre la scopa; poi, ridendo assieme, andarono a condividere un bacio da sposati in un qualche angolo riparato.

In attesa che venisse il momento, Sorcha tenne Caden per mano, rassicurandolo della propria presenza; e nonostante il nervosismo, trasse grande gioia dalla magia di quel giorno.

Vestita con l'abito nuziale – troppo corto – appartenuto alla madre di Caden, Sorcha batté le mani e cantò ogni singola canzone, ridendo imbarazzata quando non conosceva tutte le parole.

"Ti diverti?" chiese Caden.

Nella mano sinistra l'uomo stringeva il bastone di legno di frassino che Afric aveva realizzato per lui. Aveva un aspetto molto distinto con la tunica scarlatta dal bordo dorato e i pantaloni neri. Alto, bello e decisamente biondo, i suoi capelli brillavano come fili d'argento sotto il sole al tramonto.

CADEN SI CROGIOLÒ NELLA GIOIA PURA CHE TRASPARIVA dalla voce di Sorcha.

Per un attimo si concesse di dimenticare tutte quelle cose che gli aveva rivelato Alec e, nonostante avesse assegnato a un uomo il compito di affilargli l'ascia, batté il piede e mosse la testa al ritmo della musica.

Era incredibile quanto si fossero fatti acuti i suoi sensi. Udiva i gridolini di ogni singolo bambino, ogni nota del liuto, ogni frusciare di gonne. Sentiva l'odore di ogni singolo dolce in ciascun paio di mani... e il profumo dell'acqua alla lavanda che ancora emanavano i capelli di Sorcha.

Fu travolto da un senso d'orgoglio e desiderò con tutto il suo cuore di poterla vedere, non solo con le mani, ma anche con gli occhi che gli aveva dato Dio.

Voleva vedere il bagliore nei suoi occhi quando sorrideva e il modo in cui arricciava leggermente il naso quando lui sfregava il viso contro la sua guancia. In cuor suo conosceva tutte quelle cose, ma ciò non gli bastava.

"Dov'è Alec?" chiese. Desiderava la presenza del suo amico.

"Da qualche parte con Bess," disse lei, per poi tornare a battere le mani e a cantare.

> "La gonna seta verde erba,
> Il mantello di velluto fine,
> Appesi a ogni crine del cavallo
> Cinquanta e nove campanelli d'argento"

In preparazione all'accensione del Tein-Éigin – *il Fuoco del Desiderio* – ogni fiamma sull'isola fu spenta, comprese le ultime scintille all'interno dei forni e le braci dei focolari. Una fiamma nuova sarebbe stata accesa e ravvivata sulla pira sacra una volta che questa fosse stata benedetta. Poi, al termine della cerimonia, i paesani avrebbero acceso le loro torce con quella fiamma e ne avrebbero portato un poco a casa per celebrare l'inizio del nuovo anno.

All'arrivo del crepuscolo, sull'isola cominciò a calare il silenzio, mentre i più piccoli si addormentavano nei campi ovunque li avessero portati le loro gambette. Le madri se ne stavano sedute sulla collina in attesa che i festeggiamenti continuassero quella sera, bevendo birra e idromele.

Gli uomini inarcarono le sopracciglia al passaggio delle fanciulle, offrendo loro ammiccamenti e rossore di guance. Era l'unico momento dell'anno in cui le donne avevano il diritto di scegliere un uomo, e in più di un'occasione capitò che una giovane dolce e timida si trovasse un marito che, per qualche ragione, non l'aveva notata nel corso dell'intero anno.

Al largo, le luci delle navi si spensero una alla volta, onorando la tradizione di Beltane. Il crepuscolo dell'anno stava bussando alla porta; era un momento di passaggio, nel quale l'oscurità si ritirava e la luce dell'estate faceva il suo ritorno. Dopo un po', l'unica luce rimasta fu il bagliore della stella fortunata, accompagnato dalla morbida luce di una grossa luna. Negli ultimi istanti, in cui il giorno cedette alla notte, parve che il mondo avesse il fiato sospeso. E poi, tutte assieme, le madri arruffarono i capelli dei figli per svegliarli e mostrare loro l'accensione del falò.

"Hurrah!" gridarono tutti assieme i paesani.

"Hurrah!" gridarono i bambini.

A simboleggiare i quattro angoli della terra, alcune fanciulle giovanissime si avvicinarono con delle torce accese e, ciascuna per conto suo, le avvicinarono alla legna. Ci volle un lungo istante carico di tensione, la gente immersa nella penombra lunare, prima che la fiamma attecchisse di colpo e risalisse la pila di legna, gettando una luce nella notte. La sua luce tinse d'arancio i volti delle persone vicine.

I bambini ripresero a correre, sfregandosi il sonno dagli occhi. Visitatori e paesani brindarono insieme alla Dea della Luce. E poi, sotto la luce cangiante di sole, luna e stelle, le ragazzine inseguirono i ragazzini. Uomini e donne attraversarono il fumo del Tein-Éigin per purificarsi e propiziare la fertilità. Un animale alla volta, il bestiame vecchio e nuovo fu fatto a sua volta passare per il fumo, ancora una volta per garantirne la fertilità. Era una visione impressionante.

· · ·

CHI AVREBBE MAI PENSATO, POCO TEMPO PRIMA, CHE Sorcha avrebbe vissuto un momento tanto glorioso e si sarebbe ritrovata con una nuova casa da dire sua?

Cosa direbbe Una se mi vedesse ora? Cosa farebbe Aidan? Sarebbero felici per me? Batterebbero le mani, canterebbero e farebbero festa?

Di sicuro tutti i presenti erano al settimo cielo e–

Sorcha ebbe un sussulto: all'improvviso aveva intravisto un volto familiare tra la folla. Ma no… non poteva essere… Fissò un punto dall'altra parte delle fiamme danzanti, per assicurarsi che i suoi occhi non l'avessero ingannata.

Quell'uomo somigliava a Lìli. Anzi, era come guardarsi allo specchio, solo che, beh, quello era un uomo.

Era circondato da gente che Sorcha non conosceva, tra cui una strana e bellissima donna che le parve anch'ella vagamente familiare. Un pessimo presentimento si insediò nelle sue viscere; costui doveva essere Padruig Caimbeul… suo padre.

Se rimani, potresti trovarti ad affrontare il demonio da cui fuggi.

Alec sapeva. In qualche modo, sapeva. Questo significava che lo sapeva anche Caden? *No di sicuro.* Sorcha deglutì a fatica, pregando di avere torto. Si scusò e, le membra indebolite dalla paura, lasciò Caden per un attimo in compagnia di Afric e andò a cercare Alec e Bess. Li trovò e li prese in disparte; poi, per prima cosa, chiese della donna che stava accanto a Padruig. "Chi è quella?"

"Brighde," disse sorridendo Bess. "Quella cara dama ha presieduto a questa festa da che ho memoria."

Sorcha sollevò il mento. "Brighde," disse, ripetendo il nome. Aggrottò la fronte; c'era qualcos'altro, in quella donna, che non riusciva a decifrare. Era alta e aggraziata coi capelli d'oro rossiccio. Era radiosa come la fiamma del falò e, per quanto la cosa paresse inconcepibile, la sua bellezza brillava persino più di quella di Lìli. Il che la rendeva molto più affascinante di quanto Sorcha avrebbe mai potuto sperare di essere.

Per un brevissimo istante fu invidiosa di lei e fu lieta che Caden non potesse vedere quella donna, perché non riusciva a immaginare quale uomo avrebbe potuto preferire lei a quello splendore dalle lunghe membra. Ma poi, l'uomo al fianco della donna si voltò di nuovo verso di lei e brividi di paura corsero lungo la sua spina dorsale.

L'aveva riconosciuta.

Padruig l'aveva riconosciuta.

Il cuore prese a batterle dolorosamente nel petto mentre tornava di corsa al fianco di Caden, lo prendeva per mano e stringeva. Avrebbe voluto dirgli tutto, ma non poteva: se anche l'avesse fatto, infatti, cosa avrebbe potuto fare Caden? *Caden era cieco.* Canti e balli proseguirono, ma Sorcha smise di accompagnarli con la sua voce.

"La gonna seta verde erba,
Il mantello di velluto fine,
Appesi a ogni crine del cavallo
Cinquanta e nove campanelli d'argento"

DALL'ALTRA PARTE DEL FALÒ, PADRUIG CAIMBEUL STAVA in piedi con le mani coperte di maglia di ferro dietro la schiena. Indossava l'armatura completa e il metallo della maglia rifletteva il bagliore arancione del fuoco. Stava prendendo tempo. C'era troppa gente per poter rapire sua figlia senza incontrare opposizione, per cui aspettava un'occasione migliore e, nel frattempo, si divertiva a spese altrui.

Che gentaglia. Erano poco più che contadini superstiziosi, e tuttavia avevano attirato un gran numero di pellegrini... per cosa, poi? L'accensione di un fuoco cerimoniale?

Erano volgari e stolti.

La sola idea che il suo sangue si mescolasse al loro era abominevole. Se avesse avuto modo di rapire Sorcha prima che pronunciasse i voti nuziali, lo avrebbe fatto senza esitare. E una volta che avesse avuto la ragazza in suo possesso, nessuno avrebbe osato dirgli cosa poteva o non poteva fare con il sangue del suo sangue.

E ciò nonostante, c'era *una* persona che avrebbe potuto rovinare tutto. Stando alla legge di David, c'era un sol uomo che poteva decidere del futuro di Sorcha: *Aidan dún Scoti.*

Per fortuna Padruig non aveva ancora visto né lui né altra gente di sua conoscenza a quell'atroce festa. Una vecchia gli passò vicino, sollevando le gonne e mostrandogli il pube raggrinzito. Perdio, le labbra le pendevano più in basso delle sue palle! Re David avrebbe certamente avuto parole dure per quella gente senzadio e stupida.

Non per la prima volta, lanciò un'occhiata a sua figlia e si chiese se altri avessero notato la loro incredibile somiglianza. Ai suoi occhi era palese che Sorcha fosse del suo sangue: era l'immagine sputata di quella voltagabbana di sua figlia Lìli, persino nel colore dei capelli. Ma era più attraente di Lìli, anche se in lei c'era qualcosa di quella cagna di sua madre.

E ciò nonostante, per quanto potessero essere belle Riannag dún Scoti o Sorcha, nessuna delle due era nulla al confronto della donna che gli stava accanto.

Era lei l'unica cosa a distrarlo dal compito che lo attendeva. Con tutti i baci, gli abbracci e le altre cose che la gente si stava scambiando attorno a loro, era tentato di prenderla per la chioma dorata e trascinarla alla spiaggia per ficcarle l'uccello in bocca... la donna, peraltro, non la smetteva di ciarlare. "Viene da Dubhtolargg," stava dicendo in tono cordiale.

Padruig levò gli occhi al cielo. "Così mi dicono," disse, sistemandosi lo scroto, disgustato al pensiero della vecchia.

"Che peccato. A quanto ho sentito dire, non è rimasto più nessuno per *enherite*."

Padruig si voltò a guardarla. "Nessuno?"

La donna scosse la testa. "No. Caden Mac Swein non ha eredi."

Padruig rimase di sasso. "Nemmeno una sorella?"

La donna scosse la testa e sorrise amaramente. "Purtroppo no. Immagino che, una volta sposato, se il *laird* dovesse morire senza eredi re David darà le sue terre e la sua sposa al padre di lei."

Padruig sollevò il mento di fronte a quella rivelazione improvvisa. Aprì la bocca per parlare, ma la richiuse, rendendosi conto che, se lui lo avesse sfidato in pubblico, Caden Mac Swein non avrebbe avuto altra scelta che combattere per Sorcha... o rinunciare a lei. Ma non aveva l'aspetto di un uomo che si sarebbe privato della sua donna. Di conseguenza, se Padruig avesse atteso che i due pronunciassero i voti e poi avesse ucciso Mac Swein, ne avrebbe tratto un doppio profitto: avrebbe avuto sua figlia e quelle terre, per quanto misere fossero. Non era certo un imbecille; perché mai avrebbe dovuto rinunciare a qualcosa? E le vettovaglie che erano state portate sull'isola... da sole, esse valevano una fortuna. Padruig ebbe un'erezione mentre ascoltava la donna parlare del *laird* di Dunrònaigh. No, non a causa della sua bellezza. Non più. L'avidità era un afrodisiaco decisamente più potente. Per il momento avrebbe aspettato… e una volta avuta l'occasione, si sarebbe tuffato in picchiata come il corvo che era e avrebbe fatto banchetto della carcassa del *laird* di Dunrònaigh.

SORCHA SOSPETTAVA SEMPRE PIÙ CHE PADRUIG SAPESSE esattamente chi lei fosse… e, soprattutto, che fosse venuto a Rònaigh per prenderla con sé. Ma Caden non era nelle condizioni di affrontare suo padre, essendo ancora cieco. Gli strinse nuovamente la mano. "Sono stanca," disse. "Andiamo?"

"E deludere la folla?" chiese scherzosamente lui. "Credo proprio di no."

E tuttavia, Sorcha lo tirò per la mano, sperando che lui l'avrebbe seguita. "Sono davvero stanca, amore mio. Possiamo sposarci domani, dopo che mi sarò riposata."

Caden la tenne lì con fermezza, come se i suoi piedi avessero messo radici e le sue dita fossero catene di ferro. E all'improvviso non le rimase più via di fuga, perché la donna di nome Brighde si mise di fronte al Tein-Éigin e prese a parlare ad alta voce, un suono elegante che arrivava fino al cielo. "Potenti divinità che create e alimentate la vita," disse, annunciando l'inizio della cerimonia. "Chiediamo la vostra benedizione in questo giorno di adunanza!"

Esclamazioni festose si levarono dalla folla. Una quantità di volti si voltarono in direzione di Sorcha e Caden.

Bella e aggraziata, Brighde allungò le mani, chiamando a sé Sorcha e Caden all'interno del cerchio druidico.

Paralizzata dalla paura, Sorcha rimase dov'era, ma Bessie la spinse, scambiando la sua esitazione per momentaneo nervosismo.

In mano Brighde teneva un bouquet di nastri rosso acceso; in quel momento si fece avanti con la consueta grazia e prese la mano libera di Sorcha, sorridendole dolcemente.

Avendo ben poca scelta, Sorcha accentuò la presa sulla mano di Caden, trascinandolo con sé. E poi, una volta che lei e l'uomo furono fianco a fianco all'interno del cerchio druidico, la donna non esitò a passare un nastro attorno ai loro polsi, legandoli assieme.

"Sarà finita prima che tu te ne renda conto," disse Caden per rassicurarla, ma Sorcha non poteva certo spiegargli che era proprio *quello* che lei temeva. Non era pronta a difendere se stessa. Se suo padre li avesse aggrediti, loro sarebbero stati indifesi e avrebbero potuto solo sperare che qualcuno accorresse in loro aiuto. In contrasto, a giudicare dalla sua armatura scintillante, Padruig era venuto armato e pronto a combattere. Sorcha cercò Alec tra la folla, ma non lo vide. Il cuore le batteva come tamburi di guerra. La paura la legò come i nastri di Brighde.

"Sorcha e Caden," disse ad alta voce Brighde. Sorcha era acutamente consapevole di avere addosso lo sguardo di Padruig, gli occhi dell'uomo penetranti come quelli di un avvoltoio nell'oscurità ammiccante. Ciò nonostante, la voce di Brighde non tradiva il minimo nervosismo. Era morbida come seta e colma di serenità. "Siete giunti volontariamente a questa unione?"

"Sì," disse Caden.

"S-sì," balbettò Sorcha. Guardò nervosamente oltre il fuoco, verso il punto in cui Padruig si era trovato fino a un istante prima; ma l'uomo era scomparso. Pregò che fosse giunto invitato da qualcuno e che ora se ne fosse andato, ignaro della sua identità.

"Giurate di onorarvi e rispettarvi a vicenda?" chiese

la donna, chiaramente all'oscuro del tumulto interiore di Sorcha.

"Lo giuro," disse Caden; lo stesso fece Sorcha, per poi ancora una volta guardare Caden e lasciarsi rassicurare dal suo sorriso. *Forse Padruig non l'aveva riconosciuta. Forse l'aveva fissata solo perché lei era la sposa.*

"Giurate di assistervi a vicenda nei momenti di dolore e sofferenza?"

"Lo giuro," dissero entrambi all'unisono; Brighde passò un nuovo nastro attorno ai loro polsi uniti. Quel gesto sarebbe stato ripetuto otto volte, unendoli legalmente. Poi, dopo l'ultimo giuramento, Sorcha e Caden li avrebbero sciolti insieme, un gesto che indicava la volontà di restare insieme come marito e moglie.

Aidan e Lìli avevano pronunciato quelle stesse parole undici anni prima; all'epoca Sorcha aveva avuto appena undici anni. Nonostante fosse trascorso molto tempo e nonostante nessuno dei due avesse allora desiderato quell'unione, tra i due c'era l'amore.

Le parole di Brighde le fecero tornare in mente il matrimonio di sua sorella, anche se, quel giorno sulla collina a Dubhtolargg, era stata Una a officiare la cerimonia, con voce roca e antica come le Am Monadh Ruadh: le colline rosse di cui la loro gente aveva fatto la propria casa. Non era una voce dolce e rilassante come quella di questa donna... e tuttavia, Una l'aveva guidata attraverso ogni avversità da lei mai incontrata e avrebbe voluto con tutto il cuore che fosse stata lì in quel momento. Di certo Una avrebbe saputo cosa fare riguardo a Padruig. Lo avrebbe colpito in testa con il bastone, lo avrebbe evirato di fronte a tutti e lo avrebbe cacciato sguinzagliandogli contro i cani. Sorcha guardò il suo promesso sposo e si chiese cosa stesse pensando. Pareva beatamente ignaro del pericolo imminente, del tutto all'oscuro della presenza del genitore di Sorcha.

"Giurate di esservi fedeli e di darvi forza l'un l'altra?"

"Lo giuro," disse Caden senza la minima esitazione, ignaro del tumulto interiore di Sorcha.

"Lo giuro," disse lei, facendo un nuovo sforzo per concentrarsi sulla voce di Brighde.

Come se la donna se ne fosse resa conto, Brighde si sporse in avanti. "Quando le vostre mani avvizziranno, giurate di cercare solo quella dell'altro?"

"Lo giuriamo," dissero all'unisono, e ancora una volta il nastro rosso passò attorno ai loro polsi. Sorcha strinse la mano di Caden e deglutì a fatica.

Stava per accadere qualcosa di terribile.

Le sue visioni, il dono con cui era nata, non si manifestavano da molto, da quando aveva visto la perfidia di suo padre all'opera con la *keek stane*. Come Caden con la propria vista, Sorcha le aveva soppresse. Ma ora, nel più inopportuno dei momenti, ebbe l'impressione che le si stesse oscurando la vista, come accadeva sempre quando stava per avere una visione. *Ma no, doveva trattarsi di mero nervosismo.* Le venne il fiato corto mentre il nastro veniva avvolto ancora una volta attorno ai loro polsi.

"È vostra intenzione portare pace e armonia a questo clan?"

"Lo è," dissero entrambi; ma Sorcha trovava difficile muovere bocca e lingua. La sua vista si oscurò ancora di più e sentì odore di sangue e di morte. Sbatté le palpebre e rivide, all'interno del falò, nuovamente Padruig stagliarsi sul corpo del padre di Aidan e di sua madre. Le si rivoltò lo stomaco e la nausea le risalì in gola mentre le voci iniziarono a mescolarsi in un ronzio terribile.

"Nei momenti di debolezza che verranno, avrete il

coraggio e la lealtà di ricordare le promesse che vi siete fatti?"

"Sì," rispose Caden.

"Sì," disse Sorcha, ingoiando la bile. Poi sollevò lo sguardo sulla donna di nome Brighde, la guardò negli occhi e le parve di notare qualcosa di familiare... brillanti occhi verdi che avrebbero potuto essere quelli di Una da giovane. Brighde le restituì lo sguardo... e sorrise...

Per un lunghissimo istante, le due donne si fissarono negli occhi e Sorcha si rese conto di conoscere quegli occhi meglio dei suoi.

Brighde. Brigit.

I capelli grigi e sottili erano ora chiari e luminosi. La benda sull'occhio sinistro era svanita; ora sul volto della donna vi erano due splendidi occhi verdi, occhi di Guardiana. Il corpo alto, che fino a non molto tempo prima era curvato dagli anni, ora era di nuovo alto e forte, nobile. La donna non aveva più bisogno di un bastone. In quel momento, Sorcha si rese conto di chi ella fosse... anche se era impossibile!

Una trasformata!

"Sei sempre stata tu," mormorò la voce di Brighde nella sua mente mentre gli occhi, entrambi buoni, brillavano. "Sei sempre stata la Prescelta, Sorcha dún Scoti..."

Il crepuscolo lasciò il posto alle ombre e Sorcha guardò Caden mentre una di quelle ombre passava di fronte alla luna. In quel medesimo istante, Brighde sollevò la voce per farsi udire da tutti e la terra stessa parve tremare fino al suo nocciolo. Il vento stridette nell'orecchio di Sorcha. "C'è qualcuno che si oppone a questo matrimonio?" Poi la vista di Sorcha si oscurò e le si mozzò il fiato, perché Padruig Caimbeul si fece avanti e disse: "Io."

Un mormorio sconcertato si diffuse tra la folla. Sorcha vide Caden sbiancare in viso, poi svenne.

Pur essendosi mostrato rilassato fino a quell'istante, Caden era incredibilmente nervoso.

Aveva atteso quel momento con trepidazione. Sentì Sorcha perdere conoscenza e si affrettò ad afferrarla, prendendola tra le braccia. Chiamò urlando Alec. I nastri attorno al suo braccio si strapparono, mordendogli la carne.

"Io sono Padruig Caimbeul," disse un uomo. "E voi vorreste sposare mia figlia senza il mio consenso. In base alle leggi di Scotia e di David mac Maíl Chaluim, io vi sfido a duello per difendere il mio onore! Combatteremo fino alla morte; al vincitore andrà ogni cosa!"

Sorcha fu presa in consegna da qualcun altro, ma si trattò di un gesto gentile, che fece capire a Caden di averla passata in mani amiche. L'ultimo nastro gli fu strappato dal braccio.

Era pronto a combattere, nonostante la cecità. I suoi occhi non vedevano, ma gli altri suoi sensi erano più acuti che mai e, in privato, lui aveva ripreso ad allenarsi con l'alabarda di suo nonno. Non era del tutto impreparato. Ma mentre attendeva il suo momento, circondato dalle fiamme del falò, le sue orecchie colsero un suono.

Era il sibilo non di una, ma di due lame. Una spada uscì dal fodero e si fermò a mezz'aria. L'altra fendette l'aria diretta verso di lui. Impossibile dire cosa accadde in seguito, da tanto rapidamente si verificò. D'istinto, Caden sollevò le mani, pronto ad avvertire il peso dell'alabarda di suo nonno. Era lo stesso istinto che l'aveva spinto ad afferrare Sorcha, quel giorno sulle scale. Già allora egli era stato colto da un sospetto, ma il suo cuore non aveva voluto badarvi.

Un'ombra passò sulla luna, rivelando il mondo ai suoi occhi. Vide l'ascia volteggiare nell'aria e la afferrò per il manico. Si udì un sussulto collettivo.

L'ultimo frammento di nastro rosso fu portato via da una folata di vento. Poi, di fronte a sé, Caden vide un grasso individuo dalla barba grigia che indossava un'armatura. Aveva l'aspetto di un uomo venuto a fare la guerra, non la pace, con indosso un'armatura inglese.

Alle sue spalle stava Alec, che non reggeva più l'arma di Caden, anche se le sue braccia erano ancora a mezz'aria nel gesto di lanciare la Bestia.

Come un sol uomo, la folla si allontanò e, per un attimo, le sopracciglia dell'uomo grasso si contrassero come due bruchi quand'egli si rese conto che Caden non era più cieco. Gli ci volle un momento per riprendersi; poi un suono osceno gli uscì dalle labbra. "Dannato bastardo!" gridò. Caden caricò il colpo con l'arma dei suoi avi.

Non ebbe il tempo di soppesarla: la spada in pugno, Caimbeul si scagliò contro di lui. Ma l'uomo non poteva sapere che Caden aveva la mira di un campione. Non poteva avere idea di quanto potesse essere mortale la Bestia. Non poteva sapere, come non lo aveva saputo Caden, che a quest'ultimo sarebbe bastato credere nella propria vista, proprio come credeva in sua moglie. "Per Davie," disse mentre l'ascia calava.

A mezz'aria, metallo colpì metallo. Il clangore si udì ovunque.

"Per Sorcha!" esclamò Caden con voce più alta, di nuovo sicuro di sé.

Padruig Caimbeul parò il colpo e tornò rapidamente in posizione: la sua spada, infatti, era leggera. Ma Caden ruotò su se stesso e sferrò un fendente con tutta la propria forza. Questa volta, come accadeva sempre, la sua lama colpì il bersaglio, tagliando metallo, carne e osso. E questa volta non si udì alcun rumore metallico. Nessun grido di guerra. Un silenzio impenetrabile cadde sulla folla. Ma Caden non rimase a guardare il corpo di Padruig Caimbeul mentre cadeva a terra. Si voltò e seguì Brighde, che stava conducendo sua moglie alla fortezza, non volendo vedere Sorcha per la prima volta riflessa negli occhi di suo padre morto.

CAPITOLO SEDICI

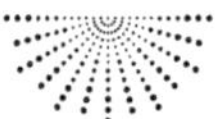

Sorcha si svegliò nella camera del *laird*, ancora una volta nel letto di Caden. Ma questa volta suo marito le sedeva accanto e la guardava negli occhi... *occhi che vedevano*, si rese subito conto lei. Per poco non si strozzò dalla gioia.

L'uomo si chinò a mormorarle all'orecchio. "Sembra proprio che tu non riesca a stare lontana dal mio letto. Della qual cosa sono lieto."

Sorcha cercò di rispondere, ma le lacrime le impedivano di parlare. Si mise seduta e abbracciò il petto di suo marito, piangendo senza ritegno nella sua tunica insanguinata.

Lui le accarezzò i capelli. "Amore mio carissimo... credevo che non avrei mai avuto la gioia di vederti in viso," ammise. "Sei bellissima e io sono un uomo felice, perché non mi sono innamorato della bellezza del tuo viso, ma di quella del tuo cuore."

"Com'è possibile?" chiese Sorcha.

Caden ridacchiò. "Che io ti ami o che possa vedere?"

Sorcha gli portò una mano al viso, stupita dal bagliore ammiccante dei suoi profondi occhi azzurri.

Lui le prese la mano e la strinse. "Non lo so, amore.

Dimmi solo una cosa: mi vuoi ancora, ora che non sono più cieco ma continuerò ad avere il solito caratteraccio di sempre?"

Sorcha si strozzò dalle risate e lo afferrò per la tunica con gioia incontenibile. "A-chaoidh, Caden Mac Swein." *Sempre.* "E io ti amerò con tutta me stessa fintanto che avrò fiato."

Caden le mormorò nuovamente all'orecchio. "Promettimelo."

"Lo prometto!" esclamò lei. "Lo prometto!"

Fu il turno di Caden di ridere; lo fece senza il minimo ritegno, una risata bassa e profonda mentre si stringeva Sorcha al petto con fare possessivo, come se lei fosse stata un tesoro che lui non avrebbe mai creduto di poter possedere.

Solo allora Sorcha si ricordò della donna di nome Brighde, la cui voce aveva udito nella propria mente… e gemette. "Dov'è?"

Caden la tenne stretta. "Chi, amore mio?"

"Brighde! Io… io la conosco!"

Caen rispose con voce severa. "Se n'è andata. E così anche tuo padre."

Per un lunghissimo istante, Sorcha non trovò la voce. Poi chiese: "Sono morti?"

"Solo tuo padre, cèol mo chridhe." *Musica del mio cuore.* "Brighde tornerà, un giorno… come fa da quando ero ragazzo. Non so come faccia a rimanere giovane, ma dev'essere vecchia come il cucco."

Una e Brighde erano una persona sola. Non c'era altra spiegazione. Ci sarebbe stato molto altro da dire, ma l'emozione glielo impediva.

Lentamente, Caden si tirò indietro e afferrò Sorcha per le spalle, dandole sostegno. "Ora ascoltami, mo chridhe, *cuor mio.* C'è un'altra persona che vorrebbe parlarti, se tu lo desideri…"

Prima che Sorcha potesse accettare o rifiutare, suo fratello Aidan fece irruzione nella stanza, più preoccupato che mai. "Sorcha!" esclamò. "Sia resa lode alla Cailleach!"

"O a Brighde," mormorò lei, per poi rivolgere a suo fratello un sorriso tremolante. Un giorno gli avrebbe detto tutto… o forse no. Dopotutto, se Una aveva scelto di non rivelarsi a nessun altro, era probabile che ci fosse una ragione, e Sorcha non intendeva andare contro la sua volontà.

Disse a Caden di lasciarla andare e si alzò per gettarsi tra le braccia di suo fratello, senza la minima riserva, la gola troppo serrata per parlare. Poi intravide Keane dietro le spalle di Aidan e lasciò quest'ultimo per abbracciare il più giovane dei suoi fratelli. Aveva creduto che non li avrebbe più rivisti. E aveva erroneamente creduto di non *volerli* più rivedere; ma, santo cielo, da quando aveva lasciato la Valle erano cambiate tante cose.

Il suo unico rimpianto, ora, era che Lìli non fosse presente alla loro riunione. Se anche avesse vissuto centomila anni, Sorcha non avrebbe mai più dato per scontato nessuno dei suoi fratelli. Forse aveva nelle vene il sangue di un demonio, ma a volte il cielo poteva fare una grazia anche a un diavolo. Quella di Padruig era stata generare due figlie dal cuore puro; ma egli era stato troppo cieco per capire che erano loro la sua forza. Ironia della sorte, era stato ucciso proprio da un uomo tradito dai suoi stessi occhi e che aveva solo avuto bisogno di ricordare che anch'egli era stato favorito dal cielo.

Aidan e Keane le assicurarono che tutti stavano bene; erano in ansia, certo, e attendevano sue notizie, ma erano in buona salute. Cailin e Lìli erano tornate nella Valle. Lianae attendeva Keane a Dunràth. Lael era di nuovo incinta e Catrìona non sapeva nulla dell'ordalia di Sorcha, ma il giorno prima della partenza di Aidan era giunta la notizia che anche lei, finalmente, aspettava un figlio... con undici anni di ritardo!

Sorcha non era ancora incinta, né intendeva parlare di cose del genere con suo fratello maggiore, ma voleva approfittare del desiderio di Caden a ogni minima opportunità.

Scambiò con suo marito un sorriso segreto e questi fece uscire tutti dalla stanza per dare a Sorcha tempo di 'riposare'. Ore dopo, quando entrarono nella sala grande mano nella mano e videro che i tavoli erano pieni di ospiti, Sorcha conobbe un attimo di imbarazzo al pensiero di ciò che costoro potevano aver udito provenire dalla torre... soprattutto dopo aver scoperto che il Re in persona li aveva onorati della sua presenza.

A giudicare dagli scambi di sorrisi, poteva darsi che quella gente avesse udito un po' troppo. Anche se, per fortuna, nessuno fece commenti... soprattutto non i fratelli di Sorcha, anche se Bessie commentò che presto si sarebbe ritrovata con una pancia gigantesca. Poteva anche riferirsi alla qualità e quantità del cibo ricevuto in dono, ma Sorcha ne dubitava, a giudicare dallo sguardo ammiccante negli occhi di Bessie.

Il banchetto di quella sera fu un'occasione molto più sobria, nonostante i festeggiamenti sfrenati che ancora proseguivano al di fuori delle mura. Il suono distante del liuto e il forte vociare erano quasi completamente attutiti dai muri della sala grande di Rònaigh. Non era appropriato continuare a ballare e a cantare quando c'era un uomo morto... per non parlare del fatto che, nonostante i peccati da lui commessi, costui era comunque il padre di Sorcha. Nel corso delle discussioni che seguirono, Sorcha apprese che, a causa di un equivoco, Aidan e Keane erano arrivati in ritardo alla festa.

Avevano infatti viaggiato assieme a David fino a un'isola nota come South Rònaigh, sita nei pressi dell'Isola di Skye. Era stato il MacLeod in persona a riaccompagnarli nel Mare del Nord. Sfortunatamente – o forse fortunatamente – erano arrivati solo dopo la morte di Padruig.

Per quanto riguardava il padre di Sorcha, il suo corpo – testa e tutto il resto – fu consegnato a David mac Mhaoil Chaluim, che lo avrebbe restituito alla vedova. Ma le terre e le proprietà di Padruig non appartenevano a Saundra Caimbeul; lo stesso Padruig se ne era privato con le sue parole avventate prima del duello. Nel corso dell'ultima sera trascorsa a Rònaigh, il Re le offrì a Caden in cambio del giuramento di fedeltà alla Corona di Scotia. Quella sera, con somma gioia della gente di Rònaigh, la sala grande era tornata all'antica gloria. Gli arazzi erano puliti. Giunchi freschi erano sparsi sul pavimento, pieni di boccioli giallo acceso... e chiunque sull'isola avrebbe potuto dire cos'erano quei fiori.

Il posto d'onore – il leggendario soglio che un tempo era stato occupato dal grande Conn – fu offerto a David mac Mhaoil Chaluim. I Mac Swein, che non si erano mai sottomessi a un sovrano, lo fecero ora, piegando il ginocchio di fronte a David mac Mhaoil Chaluim in una cerimonia formale di cui molti furono i testimoni.

In cambio, David offrì a Caden il permesso di sventolare lo stendardo con il leone sulle sette torri di pietra appartenute a Padruig. Schiarendosi la voce, David si alzò in piedi e offrì un brindisi al Mac Swein e alla sua sposa.

"Al clan Chattan," disse. *Il clan del gatto.* "Possano i vostri figli e le vostre figlie portarvi alla grandezza come fecero un tempo i vostri avi." Poi, per dimostrare di avere puro sangue scozzese nelle vene, aggiunse:

"Móran làithean dhuit is sìth." *Possiate godere di lunga vita e di pace.*

"Alba gu brath!" esclamarono come un sol uomo i presenti, senza la minima esitazione. "Scotia per sempre!"

EPILOGO

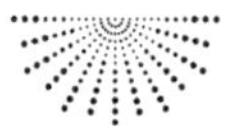

Caisteal Inbhir Nis, 5 giugno 1139

Costruito in arenaria rossa, secondo alcuni la stessa dalla quale era stata ricavata *An Lia Fàil*, *Inbhir Nis* simboleggiava la fine di un popolo con le sue sette torri, una per ciascuna delle sette nazioni pitte sconfitte.

E tuttavia, non era nato in origine come monumento alla distruzione. Lì, alla foce del fiume Ness, le prime tre torri erano state erette dal padre di re David, Malcom mac Dhonnchaidh, poco dopo aver raso al suolo il *caisteal* di Macbeth. In seguito, Padruig Caimbeul aveva portato il loro numero a sette e aveva iniziato a costruirne un'ottava, che non era mai stata completata. Sorcha aveva il sospetto che l'ottava torre volesse rappresentare la caduta di Dubhtolargg. E ora, dato che Padruig non era riuscito nel suo intento di annientare l'ultima tribù pitta, la torre giaceva in rovina, uno sgradevole simbolo di arroganza che lei e Caden dovevano ancora cancellare. Quanto era ironico che la più giovane dei Guardiani forse ora la castellana di un *caisteal* che voleva celebrare la fine della sua tribù? Padruig era stato governato dall'ossessione per il loro annientamento, e la sua ira nel vederli sopravvivere aveva fatto sì che i demoni prendessero possesso del suo cuore.

E tuttavia, ciò non gli era servito a nulla.

Sorcha avrebbe potuto dirgli che il suo monumento era fondato sul nulla. La vera Pietra del Destino non era fatta di arenaria rossa, ma di una roccia scura simile alle scogliere di Rònaigh. La pietra fasulla che si trovava a Scone era una replica ricavata dall'arenaria del nord delle Highlands, che si trovava a Loch Ness alla costa settentrionale di Caithness. Ma ora la pietra era tornata alla terra dalla quale era stata presa, come un granello di sabbia sotto l'*Am Monadh Ruadh*.

Un giorno, lei e Caden avrebbero ripulito il cortile da quelle macerie e vi avrebbero costruito una fontana come quella che un tempo ornava il cortile di Lilidbrugh. Prima di cadere, Lilidbrugh era stata l'antico soglio di Fidach, il cuore della gente di Sorcha, all'epoca in cui le loro terre si chiamavano come i figli di Cruithne: Cat, Fidach, Ce, Fotla, Circinn, Fortriu e Fib. I suoi consanguinei appartenevano a Fidach, ma quando avevano rubato la pietra ed erano fuggiti del Mounth avevano troncato ogni legame precedente. Di tutto questo, Padruig di certo aveva saputo soltanto che i dún Scoti erano di sangue pitta. Il resto era un segreto che sarebbe morto assieme alla gente di Sorcha.

Per quanto riguardava lei, ora aveva un'intera vita di fronte a sé. Lei e Caden avevano due figlie.

Meno di un anno dopo il matrimonio, Sorcha aveva partorito una bambina. L'anno dopo – durante il loro primo Yule insieme a *Caisteal Inbhir Nis* – ne aveva donata un'altra a suo marito. E ora era di nuovo incinta, e anche se pregava di avere un maschietto, aveva la sensazione che avrebbe partorito un'altra femmina.

Erano trascorsi quasi due mesi da quando Caden era stato convocato a Carlisle Castle.

Allo scopo di presentare un fronte unito, i baroni e i conti fedeli a David lo avevano accompagnato a Durham, dove il sovrano aveva incontrato Matilda di Boulogne, moglie di Stephen. Persino Aidan si era degnato di unirsi a loro, dando prova di grande fiducia nel re di Scotia. Grazie a tutto ciò, David aveva ottenuto ogni singola concessione da lui richiesta al fine di terminare la situazione di anarchia con l'Inghilterra. Per quanto riguardava Sorcha, tutte quelle guerricciole erano prive di significato. Lei era a conoscenza di cose che persino il Re non avrebbe mai saputo. Ad esempio, sapeva dove giaceva sepolta la vera Pietra del Destino. *E non era a Scone.*

Purtroppo, né David né alcun altro re si sarebbe mai seduto su di essa per essere incoronato. La Pietra era persa per sempre, come pareva esserlo Una. Ma Sorcha faceva tesoro di ogni singolo ricordo dell'unica madre che avesse mai conosciuto, custodendoli nel segreto del suo cuore.

Per quanto riguardava la Scotia... senza quella pietra benedetta, l'unione sarebbe stata una gioia passeggera. Ma Sorcha era lieta del fatto che, almeno per il momento, avrebbero conosciuto la pace, anche se purtroppo il Fato era al di fuori del controllo umano.

Quella sera, mentre attendeva il ritorno del marito, Sorcha fece il consueto giro del *caisteal* per accertarsi che tutto fosse in ordine prima di salire le scale che portavano alla stanza delle bambine.

Il *caisteal* era molto più grande di quello di Dunrònaigh e aveva una servitù che ammontava al doppio della popolazione di quell'isola, ma Sorcha aveva l'aiuto di Afric, mentre Bessie e Alec erano rimasti a occuparsi di Rònaigh. Ma soprattutto, c'erano solo due giorni di viaggio a cavallo da lì a Dubhtolargg. Se mai avesse sentito la mancanza della sua amata sorella, non avrebbe dovuto far altro che prendere le bambine e partire.

Anche se, naturalmente, Caden non avrebbe mai approvato un viaggio senza scorta e Sorcha non era più il tipo da correre rischi, non con due bambine di cui prendersi cura e una terza in arrivo. Di quei tempi, nemmeno sua sorella Lael era tanto ardita.

Le candele nella stanza erano già state spente. Un piccolo braciere ardeva al centro dell'ambiente, gettando una calda luce ramata sulla pietra. Le due bambine erano accoccolate l'una accanto all'altra nella culla.

A due anni, Brigit era una bambina bionda con brillanti occhi azzurri, proprio come il suo babbo. Non sapeva resistere a un dolce, ma all'autorità sì. Un giorno le avrebbe fatto venire i capelli bianchi come quelli di Una.

Ria, d'altro canto, era tranquilla e silenziosa, con capelli scurissimi e stupefacenti occhi verdi. Lei somigliava più alla madre di Sorcha. E ne portava il nome, proprio come sua nipote: Ria come Riannag e come la stella che aveva condotto Sorcha a ovest, fino a una terra lontana dove aveva trovato se stessa e sposato un principe.

Era quella la storia che raccontava alle sue bambine… e anche a tutti gli altri, perché era vera. Un po' di fede, un po' di preveggenza e una gran quantità di furia le avevano spianato la strada attraverso i boschi di Inbhir Nis e fino alle contee settentrionali e a Lochinver, dove il destino l'attendeva a braccia aperte.

Sospirando per la felicità, Sorcha guardò le sue care bambine che dormivano pacifiche. Al loro risveglio sarebbero state terribili.

Per fortuna il ritorno di Caden era previsto per l'indomani, giusto in tempo per la colazione. Non sarebbe mai arrivato troppo presto. Sorcha ne sentiva disperatamente la mancanza. Ma mentre se ne stava lì a pensare alle sue care sorelle e a come se la stessero cavando, lei si rese conto che l'attesa era il destino delle donne. E poi, la consolava il pensiero di avere qualcuno in ogni angolo della Scotia: Lianae ad Ailginshire, Lael a Keppenach, Catrìona a Creagach Mhor. Lìli a Dubhtolargg. E, ultima ma non ultima, Cailin a Carlisle, dove Cameron serviva il Re in veste di sua guardia personale. Di tanto in tanto, Sorcha la vedeva a corte, ma era da un po' che ciò non capitava.

Un attimo dopo, qualcuno bussò alla porta della stanza delle bambine. "Avanti," disse lei.

Una servitrice entrò con fare timido. "Mia signora, di sotto c'è un'anziana che dice di avere in custodia qualcosa che vi appartiene."

"Un'anziana?" Sorcha avvertì un senso di gioia, come le capitava ogni volta che si riaccendeva in lei la speranza di rivedere Una. Da quel giorno di tre anni prima in cui aveva concesso la propria mano a Caden, non aveva più posato lo sguardo sulla donna di nome Brighde… e nemmeno su Una. Dopo aver sperato così tanto di rivedere la sua mentore, aveva dovuto prendere atto della sua scomparsa.

Fraintendendo l'espressione sul volto di Sorcha, la giovane serva disse. "Mi dispiace per avervi disturbata, mia signora. La mando via?"

"No," rispose Sorcha. Si portò un dito alle labbra e sperò che le bimbe non si sarebbero svegliate. Poi rimboccò loro le coperte e diede un'ultima occhiata ai loro corpicini addormentati. Soffiò loro un bacio e si affrettò verso la porta. Dopo essere uscita in corridoio e averla chiusa, domandò alla ragazza: "Quella donna ti ha detto dell'altro?"

"No, mia signora. Solo che vuole parlare con voi."

"Molto bene. Accompagnala nella sala grande, per favore. La riceverò subito."

"Sì, mia signora," rispose la ragazza, per poi inchinarsi e allontanarsi di corsa.

Che sia davvero Una? Finalmente!

Sorcha trasse un respiro profondo e cercò di non entusiasmarsi troppo, ma invano. *Chi altri avrebbe mai potuto venirla a trovare a un orario tanto bizzarro?* A meno che non si trattasse di qualcuno che portava notizie di Caden... Ma le trattative a Durham si erano ormai concluse e la servitù conosceva le sorelle di Sorcha; se si fosse trattato di una di loro, la ragazza glielo avrebbe detto.

Chi può essere?

Si fermò di colpo all'ingresso della sala grande, dove una donna dall'aspetto bizzarro stava in piedi vicino alla piattaforma. Costei, però, non era Una. E nemmeno Brighde.

Cercando di soffocare il disappunto, Sorcha entrò comunque nella sala, la schiena dritta e la testa alta. "Benvenuta," disse in tono gentile. "Sono la signora di Inbhir Nis." Non poteva più fregiarsi del titolo di 'fanciulla', ma non lo rimpiangeva affatto. "Cosa posso fare per voi?"

La donna si voltò verso di lei e le sorrise. "Salve, Sorcha," disse. "Tu non mi conosci, ma io conosco te. Mi chiamo Uhtreda."

"Uhtreda?"

Era impossibile determinare quanto fosse vecchia quella donna. A seconda dell'angolazione da cui Sorcha la guardava in viso, pareva perdere o guadagnare anni. Ma per essere un'anziana era comunque piuttosto attraente, coi capelli scuri e brillanti occhi azzurri. Portava i capelli raccolti in trecce come una fanciulla, fermandoli con dei nastri dorati. Anche il suo abito era di ottima fattura e impreziosito da sottile filo d'oro.

"Sono un'amica di Lianae."

La moglie di Keane. Sorcha sollevò il mento, chiedendosi chi potesse essere quella donna. La madre e le sorelle di Lianae erano morte da tempo. Lianae aveva una zia, ma non era in buoni rapporti con lei. Tutto ciò che le rimaneva erano due fratelli, Graeme e Lulach, uno dei quali amava e uno dei quali odiava.

"Mio figlio è conte di Moray," spiegò la donna. In mano teneva un sacchetto blu, di un materiale simile a quello del suo abito. Il conte di Moray era un uomo potente, il braccio destro del Re. E ciò nonostante, Sorcha aveva l'impressione che la donna non fosse venuta in qualità di messaggera del figlio. "Sì," disse Sorcha. "Ora vi riconosco, lady Uhtreda. Venite, prego!"

"Siete molto cortese," disse la donna. Sorcha la condusse direttamente al suo salottino privato, dove avrebbero potuto chiacchierare in un ambiente un po' più intimo.

"Che splendido salotto," disse Uhtreda. Era vero.

C'erano coloriti cuscini saraceni sparsi dappertutto e le sedie erano rivestite di velluto di Parigi; era stato Padruig ad acquistare tutte quelle cose, ma Sorcha, pur apprezzandone la bellezza, aveva gusti più modesti. E tuttavia, ormai non si sentiva più in dovere di spiegare che non era stata lei a volere quelle stravaganze. Un poco alla volta, si era abituata ad avere dei servitori, degli arazzi elaborati e una quantità di calici d'oro.

"Grazie," disse. "A quanto ne so, la precedente signora del castello era solita trascorrere del tempo qui con l'unica figlia, quando era giovane." Stava parlando di Lìli e di sua madre, naturalmente, anche se risultava più facile non precisare. Era una tragedia che le due non si fossero mai riconciliate, ma dovevano aver trascorso dei momenti piacevoli in quel luogo, perché Sorcha riusciva ancora a sentire gli echi della gioia di Lìli.

Le due donne rimasero fino a tardi nel salotto e Uhtread raccontò a Sorcha del proprio padre, Gospatric, e del loro famigerato avo, Uhtred l'Ardito, entrambi sovrani di Northumbria. Evitò invece di menzionare di essere stata la moglie dell'ormai defunto

Duncan, che era stato a sua volta re di Scozia. Era una donna dal portamento nobile e le maniere impeccabili, ma pur avendo un modo di fare caratterizzato dalla dolcezza, Sorcha percepì in lei un'oscurità profonda. A un certo punto, Uhtreda si allungò per toccarle una mano e lei avvertì una piccola scossa, come una sorta di fulmine passato da una mano all'altra. Sussultò per la sorpresa, ma Uhtread le fece voltare la mano e depose un piccolo gioiello nel suo palmo. Era un oggetto familiare... ma Sorcha non lo vedeva da così tanto tempo...

Era il cristallo incastonato nel bastone di Una, un piccolo gioiello ammiccante che a volte pareva cambiare colore. Una sosteneva che era grazie a esso che lei riusciva sempre a capire quando Sorcha e i suoi fratelli mentivano, perché la gemma era una sorta di pietra magica che cambiava colore in base all'umore di chi vi si trovava vicino.

Sorcha aprì la bocca per parlare, ma nessuna parola ne uscì.

Uhtreda parlò con voce gentile e rilassante come un torrente di montagna. "Non importa quale sia il suo nome – Biera, Brighde, Merlin, Una o Cailleach – lei sarà sempre con te, Sorcha. Sai come si dice... ciò che chiamiamo rosa conserva il suo profumo anche sotto un altro nome. Dimmi, cara: hai ancora il libro?

Come fa a sapere del libro? Sorcha lo teneva nascosto nella cassapanca della sua camera privata, assieme alla *keek stane*; non si era dimenticata di quei due oggetti, ma nemmeno ne faceva più uso.

La *keek stane* era rimasta in silenzio da quando le aveva rivelato il suo rapporto di parentela con Padruig. E il grimorio... beh, ormai Sorcha conosceva a memoria le ricette di tutte le porzioni e aveva bisogno di consultarlo solo raramente. Per il resto, i due oggetti se ne stavano avvolti nell'abito nuziale della madre di Caden, quello che lei aveva indossato la sera del suo matrimonio. Ancora senza parole, Sorcha annuì.

"Bene," disse Uhtreda. "Ottimo." E chiuse le dita di Sorcha attorno alla preziosa gemma. "Tienila sempre vicino a te, cara. Saranno le tue care figlie e nipoti a guarire questa terra. Trova dei bravi uomini, degni di tale nome, che conoscano il valore di una donna forte. Insegna loro a essere come te. E un giorno…" Si interruppe, come se avesse voluto aggiungere altro. "Un giorno il cerchio si chiuderà. E la prossima volta, magari, le cose andranno in maniera diversa."

"Diversa?" chiese Sorcha, confusa. "In che senso?"

La donna sospirò profondamente; il suo sguardo conteneva una consapevolezza che pareva appesantirle le palpebre. "Mia cara, il tempo è come un gomitolo," spiegò. "A volte, quando ne tiri un'estremità, si svolge in maniera diversa."

Abituata da una vita alle vaghe profezie di Una, Sorcha annuì. Sentiva moltissimo la mancanza della sua mentore, per cui guardò negli sbiaditi occhi azzurri di Uhtread, con cui avvertiva una forte affinità… e all'improvviso la visita ebbe termine, perché si udì il suono di un corno e l'intero *caisteal* prese a fervere di attività.

Uhtreda sorrise. "Il tuo signore è tornato," disse. "Devi andare ad accoglierlo e io devo tornare a Moray ad attendere mio figlio. Questi uomini," esclamò in tono lamentevole. "Cosa farebbero senza una donna forte a guidarli?"

Sorcha sapeva bene cosa avrebbero fatto. Ricordava il modo in cui suo marito e Alec si erano presi cura di Dunrònaigh… ossia per nulla. Ricambiò il sorriso della donna e si portò una mano al ventre, per poi alzarsi. "Sarà femmina," disse Uhtreda.

"Lo so," disse sorridendo Sorcha. Augurò la buonanotte alla donna e le offrì una stanza per la notte, poi andò a salutare il *laird* suo marito. Caden era già in cortile all'arrivo di Sorcha, che si gettò tra le sue braccia. "Finalmente!" esclamò lei.

Suo marito la abbracciò e la baciò immediatamente. Odorava di pioggia, cavallo e sudore, nonché di un viaggio lungo parecchi giorni, ma fu il profumo unico di suo marito a farle dilatare le narici dal desiderio. "Deduco che hai sentito la mia mancanza, moglie."

"A-chaoidh," mormorò lei, un modo di dire 'sempre l'ho sentita e sempre la sentirò'. Poi disse in tono scherzoso: "Sembra che tu non riesca a stare lontano dal mio letto," facendo eco alle prime parole che Caden le aveva rivolto dopo che il padre di Sorcha aveva cercato di ucciderlo. "Della qual cosa sono lieta."

Caden inarcò entrambe le sopracciglia. "Quanto lieta?"

Sorcha lo prese per mano. "Mio *laird*, perché non mi dai modo di mostrartelo?"

E così fece, ancora e ancora e ancora... finché ebbero vita.

E così, caro lettore, si conclude questa storia... perlomeno per quanto riguarda i Guardiani. Nello scrivere questa serie ho trovato l'ispirazione per molte altre storie e la storia della Scozia è un arazzo decisamente ricco di particolari. Ho fatto del mio meglio per mescolare storia e leggenda nella mia narrazione, ma ti prego di tenere conto che, come sempre, noi scrittori abbiamo il permesso di modificare gli eventi storici per intrattenere i nostri lettori. E tuttavia, non sempre ciò che viene modificato diventa automaticamente falso...

Ormai avrai intuito che la stella seguita da Sorcha altro non era che la Cometa di Halley, la quale appare a intervalli variabili all'incirca tra i settantaquattro e i settantanove anni. In questa storia è arrivata un po' in anticipo: nella realtà è apparsa nel 1145. A ogni sua apparizione, la sua vicinanza alla Terra determina la durata della sua permanenza nel cielo e la facilità con cui è visibile a occhio nudo.

Per quanto riguarda *An Lia Fàil*, meglio nota come la Pietra del Destino o la Pietra di Scone e da alcuni conosciuta come *clach-na-cinneamhain*, esistono numerose leggende. Nel corso della storia, la pietra è stata rubata, nascosta, trafugata, piazzata sotto questo o quel trono; ancora oggi nessuno sa con certezza dove e quale sia quella originale. Un resoconto del Diciannovesimo secolo parla di due ragazzi che si recarono a esplorare il sito di una valanga lungo Dunsinane Hill, nei pressi del luogo in cui sorgeva un antico forte noto come Machbet's Castle (l'originale *Caisteal Inbhir Nis*, o Inverness). Laggiù, i ragazzi scoprirono una fenditura nella roccia e una grotta, all'interno della quale trovarono una misteriosa pietra nera coperta di incisioni. Anni dopo, la grotta fu ritrovata e al suo interno furono rinvenute non solo la pietra in questione, ma anche due tavolette simili a delle placche. La pietra fu inviata a Londra per essere esaminata, ma da allora si persero le sue tracce. Questa è una storia vera. Alla faccia delle cospirazioni!

Parliamo ora della cecità di Caden. Questa condizione, che un tempo si chiamava 'cecità isterica' e oggi è definita 'disturbo di conversione', compare in persone che hanno subito traumi insopportabili. Non esiste una terapia universale, dato che si tratta di un disturbo di natura principalmente psicologica. La cecità può essere temporanea – della durata di giorni, mesi o anni – o permanente, anche se spesso la rimozione dello stress e dei suoi attivatori consente di guarire completamente. La medicina moderna ignora molte cose, ma l'erba di San Giovanni possiede incredibili proprietà rilassanti; per quanto mi riguarda, mi azzardo a dire che questo disturbo vada curato con una terapia che unisce la cura del corpo a quella della mente, oltre che con un'abbondante dose di fede.

Che dire dell'isola di Rònaigh? Oggi essa è nota come North Rona e, sebbene si trovi dove io ho implicato nella storia, è un po' più piccola. Ma per essere un'isoletta minuscola, Rònaigh ha davvero una storia notevole. Popolata per secoli (anche se meno di quanto ho lasciato intendere in questo romanzo), è rimasta disabitata durante il Diciassettesimo secolo, dopo il naufragio di una nave infestata da ratti all'apparenza infetti dalla peste bubbonica. Una storia racconta che gli abitanti dell'intero villaggio furono trovati morti, chi seduto a tavola e chi nel proprio letto.

North Rona è oggi considerata un'area protetta. A *me* continua a suonare come un luogo magico, pieno di foche, uccelli marini e rovine. Anche la Grotta del Gigante esiste realmente, così come le rovine di San Ronan. A proposito del Santo: costui era un monaco del Sesto secolo che si ritrovò su una minuscola isoletta nel remoto Mare del Nord... perché? Beh, mi piacerebbe credere che la magia, come quella che pervade le nostre storie, esista davvero. Ahimè, questi personaggi esistono solo nella mia mente... e nella vostra, ora. Spero che li porterete nei vostri cuori come io li porto nel mio.

Cosa verrà a seguire? La storia di Malcom MacKinnon! Molto più grande e molto diverso da com'è ora, egli ci condurrà in un viaggio lungo le Terre di Confine dell'Inghilterra, durante il periodo dell'anarchia tra Inghilterra e Scozia. Fino ad allora, buona lettura!

Alba gu brath!
(Scozia per sempre!)

[Image: tanyasig-1.png]

DIZIONARIO GAELICO

Fornito per una maggiore comprensione. Il significato delle parole non presenti nell'elenco è spiegato in corsivo all'interno della narrazione.

Am Monadh Ruadh: le Cairngorms, letteralmente 'le colline rosse', da non confondersi con le *Am Monadh Liath*, 'le colline grigie'

Aurochs: grosse bestie selvagge da allevamento, ora estinte, note in italiano col nome di 'uri'

Bean sìth: banshee

Ben: montagna

Breacan: versione abbreviata di *breacan-an-feileadh*, o 'grande kilt'

Brollachans: ghoul (demoni mangiatori di cadaveri)

Corries: montagne o colline

Crannóg: abitazioni in legno dei Pitti, spesso costruite sull'acqua

Dwale: bevanda a base di belladonna, usata spesso come anestetico

Keek stane: pietra per osservare il futuro, sfera di cristallo

Loch: lago

Mormaerdom: nome gaelico del regno di Moray

Mormaer: nome gaelico del signore di una regione o di una provincia

Quintain: 'quintana' in italiano, si trattava di una sorta di manichino usato per addestrare i cavalieri alla giostra

Reiver: predone che agiva lungo il confine tra Inghilterra e Scozia

Scotia: la Scozia. Nota anche col nome di Alba

Selkies: creature mitologiche. Secondo la leggenda, i selkie vivevano nell'oceano sottoforma di foche, ma erano in grado di privarsi della loro pelle per assumere forma umana e muoversi sulla terraferma

Sennight: 'sette notti', cioè una settimana

Sluag: dio dell'oltretomba

Tailard: 'coduto'. Termine offensivo usato per indicare gli inglesi, immaginati in questo caso come diavoli o animali muniti di coda

Targe: scudo rotondo usato come arma difensiva

The Blue Men: 'gli Uomini Blu'. Creature mitologiche note anche con il nome di kelpie della tempesta

The Mounth: catena di colline lungo il confine meridionale di Strathdee, nel nordest della Scozia

The Minch: fiordo del nordest della Scozia, che separa le Highlands nordoccidentali e la zona settentrionale delle Ebridi Interne da Lewis e Harris nelle Ebridi Esterne

Trews: pantaloni aderenti di tartan

Uisge-beatha: whisky (letteralmente 'acqua della vita')

Vin aigre: aceto o vino inacidito

Woad: tintura estratta dalla pianta del guado

LEGGENDA SCOZZESE

205

La profezia di Utreda vi incuriosisce? Avete letto *Leggenda scozzese*? Non perdetevi la leggenda che ha dato inizio a tutti. Unitevi ad Annie Ross nel suo viaggio dalla Scozia moderna fino all'878 D.C., dove ella deve assumere il ruolo di guardiana della Pietra del Destino e trovare il modo di ristabilire l'autorità di un potente capoclan scozzese.

Leggete *Leggenda scozzese*

I GUARDIANI DELLA PIETRA

BIBLIOGRAFIA DELLA SERIE

Leggenda scozzese

Fuoco di Scozia

Acciaio di Scozia

Tempesta di Scozia

La fanciulla dalla nebbia

Titoli collegati:

Le Spose delle Highlands

La sposa del MacKinnon

Il dono di Lyon

Promessa d'amore

Cuor di leone

Canzone scozzese

La speranza del MacKinnon

&

Angelo di fuoco

E così, caro lettore, si conclude questa storia… perlomeno per quanto riguarda i Guardiani. Nello scrivere questa serie ho trovato l'ispirazione per molte altre storie e la storia della Scozia è un arazzo decisamente ricco di particolari. Ho fatto del mio meglio per mescolare storia e leggenda nella mia narrazione, ma ti prego di tenere conto che, come sempre, noi scrittori abbiamo il permesso di modificare gli eventi storici per intrattenere i nostri lettori. E tuttavia, non sempre ciò che viene modificato diventa automaticamente falso…

Ormai avrai intuito che la stella seguita da Sorcha altro non era che la Cometa di Halley, la quale appare a intervalli variabili all'incirca tra i settantaquattro e i settantanove anni. In questa storia è arrivata un po' in anticipo: nella realtà è apparsa nel 1145. A ogni sua apparizione, la sua vicinanza alla Terra determina la durata della sua permanenza nel cielo e la facilità con cui è visibile a occhio nudo.

Per quanto riguarda *An Lia Fàil*, meglio nota come la Pietra del Destino o la Pietra di Scone e da alcuni conosciuta come *clach-na-cinneamhain*, esistono numerose leggende. Nel corso della storia, la pietra è stata rubata, nascosta, trafugata, piazzata sotto questo o quel trono; ancora oggi nessuno sa con certezza dove e quale sia quella originale. Un resoconto del Diciannovesimo secolo parla di due ragazzi che si recarono a esplorare il sito di una valanga lungo Dunsinane Hill, nei pressi del luogo in cui sorgeva un antico forte noto come Machbet's Castle (l'originale *Caisteal Inbhir Nis*, o Inverness). Laggiù, i ragazzi scoprirono una fenditura nella roccia e una grotta, all'interno della quale trovarono una misteriosa pietra nera coperta di incisioni. Anni dopo, la grotta fu ritrovata e al suo interno furono rinvenute non solo la pietra in questione, ma anche due tavolette simili a delle placche. La pietra fu inviata a Londra per essere esaminata, ma da allora si persero le sue tracce. Questa è una storia vera. Alla faccia delle cospirazioni!

Parliamo ora della cecità di Caden. Questa condizione, che un tempo si chiamava 'cecità isterica' e oggi è definita 'disturbo di conversione', compare in persone che hanno subito traumi insopportabili. Non esiste una terapia universale, dato che si tratta di un disturbo di natura principalmente psicologica. La cecità può essere temporanea – della durata di giorni, mesi o anni – o permanente, anche se spesso la rimozione dello stress e dei suoi attivatori consente di guarire completamente. La medicina moderna ignora molte cose, ma l'erba di San Giovanni possiede incredibili proprietà rilassanti; per quanto mi riguarda, mi azzardo a dire che questo disturbo vada curato con una terapia che unisce la cura del corpo a quella della mente, oltre che con un'abbondante dose di fede.

Che dire dell'isola di Rònaigh? Oggi essa è nota come North Rona e, sebbene si trovi dove io ho implicato nella storia, è un po' più piccola. Ma per essere un'isoletta minuscola, Rònaigh ha davvero una storia notevole. Popolata per secoli (anche se meno di quanto ho lasciato intendere in questo romanzo), è rimasta disabitata durante il Diciassettesimo secolo, dopo il naufragio di una nave infestata da ratti all'apparenza infetti dalla peste bubbonica. Una storia racconta che gli abitanti dell'intero villaggio furono trovati morti, chi seduto a tavola e chi nel proprio letto.

North Rona è oggi considerata un'area protetta. A *me* continua a suonare come un luogo magico, pieno di foche, uccelli marini e rovine. Anche la Grotta del Gigante esiste realmente, così come le rovine di San Ronan. A proposito del Santo: costui era un monaco del Sesto secolo che si ritrovò su una minuscola isoletta nel remoto Mare del Nord… perché? Beh, mi piacerebbe credere che la magia, come quella che pervade le nostre storie, esista davvero. Ahimè, questi personaggi esistono solo nella mia mente… e nella vostra, ora. Spero che li porterete nei vostri cuori come io li porto nel mio.

Cosa verrà a seguire? La storia di Malcom MacKinnon! Molto più grande e molto diverso da com'è ora, egli ci condurrà in un viaggio lungo le Terre di Confine dell'Inghilterra, durante il periodo dell'anarchia tra Inghilterra e Scozia. Fino ad allora, buona lettura!

Alba gu brath!
(Scozia per sempre!)

-Tanya Anne Crosby

L'AUTRICE

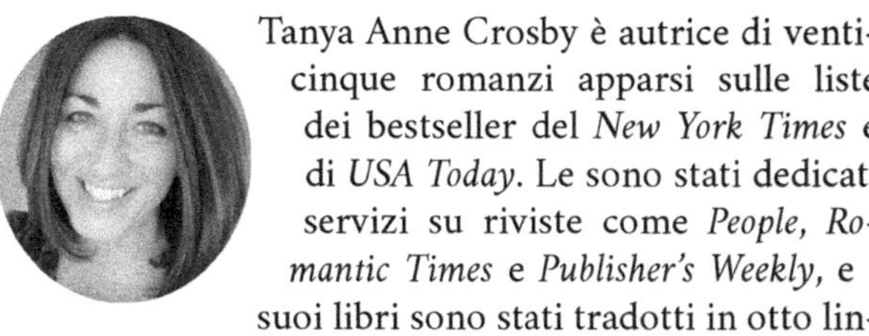 Tanya Anne Crosby è autrice di venticinque romanzi apparsi sulle liste dei bestseller del *New York Times* e di *USA Today*. Le sono stati dedicati servizi su riviste come *People, Romantic Times* e *Publisher's Weekly*, e i suoi libri sono stati tradotti in otto lingue. Il suo primo romanzo è stato pubblicato nel 1992 da Avon Books e all'epoca Tanya du celebrata come 'una delle stelle nascenti più fulgide della Avon'. Il suo quarto libro è stato scelto per lanciare l'iniziativa editoriale Avon Romantic Treasure.

Nota per le sue storie cariche di emozione e umorismo e piene di personaggi dai difetti umani, Tanya è una premiata autrice, giornalista ed editor e i suoi romanzi hanno avuto un grande successo di pubblico e di critica.

Tanya e suo marito, anch'egli scrittore, dividono il loro tempo tra Charleston, SC, dove Tanya è cresciuta, e il nord del Michigan, dove la coppia risiede in pianta stabile.

Per maggiori informazioni:
www.tanyaannecrosby.com
tanya@tanyaannecrosby.com

Le Spose delle Highlands

La sposa del MacKinnon

Il dono di Lyon

Promessa d'amore

Cuor di leone

Canzone scozzese

La speranza del MacKinnon

I Guardiani della Pietra

Leggenda scozzese

Fuoco di Scozia

Acciaio di Scozia

Tempesta di Scozia

La fanciulla dalla nebbia

I Medievali

Angelo di fuoco

La preda vichinga

Gli Impostori

Il principe dei ladri

Il principe impostore

I Ladri Redenti

La sposa di MacAuley

Solo tu nei miei occhi

Baciata da un furfante

Antologie e romanzi brevi

Un uomo per Lady

Un amore sotto il vischio

Romantic Suspense

Nel nome del male

A sud della morte

NOTA ALL'EDIZIONE ITALIANA

Questo libro è opera di due persone: l'autrice, che lo ha scritto, e il traduttore, che lo ha riscritto in un'altra lingua. Entrambi speriamo che ti sia piaciuto! Ci farebbe molto piacere se lasciassi una recensione. Noi non abbiamo un editore alle spalle che investa in pubblicità e ci consenta di raggiungere un pubblico numeroso; di conseguenza ci affidiamo alle recensioni e al passaparola per trovare nuovi lettori. Il tuo contributo è importantissimo!

Se non hai acquistato legalmente questo romanzo, considera di farlo. Realizzare questa edizione ha richiesto un impegno notevole; se non riusciremo a trarne un guadagno, non saremo in grado di proporti nuove opere in lingua italiana. Aiutaci a farti sognare!

Tutti i libri hanno dei refusi. Probabilmente, questo non fa eccezione. Se trovi errori (di ortografia, di grammatica, di impaginazione, ecc.), segnalali all'editore @publisher@oliver-heberbooks.com: provvederemo a correggerli il prima possibile.